陽奉陰違
開什麼玩笑，那可是我美若天仙
黃金比例人間至寶（下略萬字）的身體啊！
東湛
家喻戶曉的超人氣偶像。
愛逞強的膽小自戀狂，其實心很軟。
CHARACTER FILE

以觸犯《陰間律法》
第三百十一條毀損公物的罪名將你逮捕。
上官申灼
陰間刑務警備隊第三分隊隊長。
面無表情，做事一板一眼的認真公務員。
CHARACTER FILE

GOBOOKS
& SITAK
GROUP©

GOBOOKS & SITAK GROUP©

三日月書版

三日月書版

面從腹背
陰
陽
奏
雪翼 著
火螢 繪
輕世代
FW355
三日月書版
1
DUPLICIT
IN THE HE

めんじゅう　ふくはい

陽奉陰違

面従腹背

DUPLICITY IN THE HELL

MENJUUFUKUHAI

【DUPLICITY IN THE HELL】

CONTENTS

めんじゅう　ふくはい

陽奉陰違

第一章

審判廳與送刑者

MENJUUFUKUHAI

廣闊無垠的草原上躺著渾身溼透的小男孩，淨白的臉頰旁猶掛著幾滴斗大的水珠，被其壓垮的綠植隨著徐徐吹來的微風搖曳著，整個畫面看上去意外的祥和。男孩像是熟睡般緊閉雙眼，一動都不動，然而下一秒，胸口卻劇烈地上下起伏，彷彿有什麼即將自他體內衝破而出。

「咳咳！咳咳！嘔——」男孩倏地睜大了眼，將積釀已久的一口汙水吐了出來，似乎是自溺水危機中脫險的患者。他用力地咳了幾下，確保呼吸暢通後，這才第一次意識到自己身在何處。

「這裡是哪裡？」名叫東湛的男孩愣了愣，戰戰兢兢地將視線投向周遭。這裡對他而言是完全陌生的環境，他甚至不記得自己是如何來到這個奇妙的空曠原野。

但東湛還是試圖自救，他艱難地爬起身，得離開這裡才行。沒記錯的話，他不是正在拍片現場嗎？然而尚未跨一步，男孩就被自己的短腿絆了一下，跌了個狗吃屎。

東湛坐起身，眼眶迅速積起豐沛的淚水。在淚珠墜落前，他又震驚地領悟到另一件事——他的手、包含他的身體全都笨拙得不像話，還有，這個五五身的比例……

這不是他平時美麗的身姿！

他那驚豔四方的超完美身軀呢？到哪裡去了！他可是那個無人不知、無人不曉的大明星東湛啊，怎麼會突然變成小孩子了呢……

就算是哪個缺德的導演想出的整人橋段，效果也太逼真了吧！

好吧，他是真的嚇到了，現在該有誰來解釋一下目前的情況了吧……

經過一段不算長時間的等待，然而依舊無事發生。

東湛絕望地確信自己無法脫離這個鬼樣子了，他想假裝一切都很好，然後發現他該死的辦不到。

東湛扯了扯嘴角，不由自主地哭了出來。

像個孩子般地哭泣。

竟然連平常不會有的舉止，都因為換了一副身軀而出現如此大的改變！

別想那麼多，哭就是了。彷彿心底有個聲音讓他那麼做，儘管實際上這裡只有他一個人。

「你還好嗎，為什麼一個人哭得如此傷心呢？」

幾乎是在下一秒，真的只過了一秒，東湛的耳畔傳來一道輕柔的嗓音。他停止哭泣抬起頭來，困惑地眨了眨眼。

眼前是對溫和中透出一絲狡詐的淺棕色瞳眸。來人是個看上去頂多二十出頭的青年，身上穿著貓耳造型的連帽外套，還搭上嘻哈感十足的鮮豔吊帶褲，給人一種慵懶隨興的街頭感，或許用大男孩來形容眼前的人更適合。

見到其他人的興奮感一下讓東湛昏了頭，他急切地想著，或許這個人知道現在是什麼狀況。

但還來不及問出口，青年就配合東湛目前的身高蹲低，一手搭住他的肩，饒有興味地挑了下眉，「小弟弟，要不要跟我一起去個有趣的地方啊？」

「……啥？」面對突如其來的邀約，東湛只有滿滿的困惑。

而且，這話怎麼聽起來這麼像在誘拐小孩？搞什麼鬼啊！

一座朝四面八方展開的巨大圓形帳篷，突兀地坐落在草原上，像朵頂端插著飄揚旗幟的大型蘑菇。帳篷周圍飄浮著微微發亮的光點，仔細一看，原來是蒲公英。

草原上植滿稀奇古怪的植物，微風一拂，就隨著各自的頻率擺動，打起如音符般的調，叮叮咚咚的。遠方某處不時有由地面往空中打出的絢爛煙花，煙花排列出許多貓的圖樣，彼此跳躍交錯，畫布般的天幕異常光華耀目。

這樣的場所理所當然一派歡樂，但坐在帳棚裡的東湛並沒有因此染上歡快的氣氛。

「喵嗚馬戲團。」名為小孟的青年朝舞臺張開雙手，輕鬆地介紹。

「……為什麼帶我來馬戲團？」東湛忍著怒氣。他需要的可不是什麼馬戲團表演，而是回到他原本的身體裡，還有搞清楚這裡到底是什麼地方。

等等，從到現在為止的發展看來，不會真的是什麼老梗的穿越設定吧？

「咦？你不喜歡嗎？」小孟訝異地問，目光卻一刻都沒有離開舞臺上的精彩表演，只有語氣稍稍洩漏了心聲。

「我應該喜歡嗎？」此時的東湛顯然眼神已死，不由得碎碎念起來，「這是什麼鬼啊，我不覺得有必要在這裡浪費時間……」

「你說這個是什麼鬼？」小孟霍地轉過頭來，瞪圓了眼，一臉不敢置信，「你看不出來嗎，這是貓貓不是鬼！」

「不用特地跟我說啦，我眼睛又沒有瞎……」東湛的原意根本不是這樣，但看起來他似乎在無意中踩到對方的地雷。

舞臺上的表演依舊持續著。雖然以馬戲團表演做為號召，但實際上出演的動物清一色都是貓咪，真要論差異的話，應該就只有毛色跟種類的差別了。

東湛定睛仔細一看，現在表演已經來到了貓貓後空翻還有貓貓跳火圈的環節。在提出這到底有沒有涉嫌虐待動物的問題之前，他注意到臺下的觀眾無不痴迷地望著臺上的一舉一動，似乎沒有人試圖探討這謎一樣的馬戲團究竟是怎麼回事。當然，除了某人例外。

小孟依然目光灼灼地瞪著他，像是被人一腳踩中了死穴，而那個不知好歹的傢伙就是東湛他自己。

嘖，這種人最麻煩了。東湛忍不住咂了咂舌，想著自己是招惹誰啊，莫名其妙來到這個鬼地方還要被怪人纏上。

「所以說，」對方仍舊餘怒未消，「你是狗派還是貓派？」

這很重要嗎？但看樣子不照著對方的劇本走，這敵意是不會平息的。東湛根本不在乎自己是哪一派，所以識趣地答道，「貓。」

青年果不其然在下一秒笑顏逐開，銳氣頓時收斂不少，整個人陷入了某種粉紅泡泡裡。

「我就說吧，沒有人抵擋得過貓貓的魅力，小孩子都喜歡這種歡樂溫馨的地方。」

聞言，東湛頓時恍然大悟。原來，小孟是因為他現在看起來是個兒童，才帶他來馬戲團的。

他不由得垂下視線，看著自己如幼兒般的體型。坐在椅子上的雙腿還碰不著地面，頂多只有七、八歲吧。思及此，他不禁崩潰地抱頭垂淚，誰來告訴他這不是真的。

「你還好……」

小孟本來想靠過去關心，不料對方先一步地抬起殺人般的視線，氣勢洶洶地揪住他的衣領，猛力將他拉近。

「有什麼辦法能讓我擺脫這個身體？我受夠了，我要回去，遠離你以及這個爛地方！」

「你是回不去的。」小孟的眸光看起來很是困惑，好似他根本不該問這個問題。

「嗯？」聽對方這麼一說，東湛反倒愣住了。

「你已經死了。」小孟用一種幾乎不帶任何情感的語調陳述，「如你所見，這裡是陰間。」

「你在開什麼……」

忽然一股寒氣襲上後頸，東湛冷不防地打了個冷顫，緩緩鬆開手，目光不經意地看往他處。仔細一瞧，觀眾席上朝氣蓬勃的人群，在瞬間都換上一張張悽慘的蒼白面容，而後又恢復原狀。這光景像是一張圖同時有兩種場景，只是現在呈現在他眼前的是好的那一面，他想看見的那一面。

「……所以，這裡真的是陰間？」這麼說起來，他似乎不知道從什麼時候起就沒有感覺到心臟的律動。

「如假包換。」小孟的聲音聽起來不像在騙人。

「是喔……」東湛想尖叫，卻發現好一會都發不出聲音，只是淚眼汪汪。或許他早就隱約知道事情的真相絕對不簡單，接著他嘆了口氣，看上去像是認命了。

「這麼輕易就接受了？」小孟饒有興致地看著身旁小孩不停變換的表情，最後停在眉頭微微蹙起，嘴角向下一撇。

「去你的接受！」東湛憤憤不平地瘋狂輸出心中的怨恨。

小孟這還是頭一回見識到，一個小孩子的腦袋裡竟然存了那麼多不堪入耳的詞彙，時代果然變了啊。

孟瀾，也就是小孟。

根據本人的說法，他在陰間擔任引路人，同時也負責在忘卻亭發放使人遺忘前生的茶水，也就是俗稱孟婆湯的液體，是孟婆的後人。而孟婆本人早已退休，據說正在陰間某處享受清幽的養老生活。

到這邊為止跟東湛對陰間的印象還多少搭得上，但接下來可就完全不在意料範圍裡了。

東湛發現，自己其實比想像中更能接受這裡是陰間。救命，他可沒打算在這裡久待，即便死了也終歸會有一個去處，對吧？

喵嗚馬戲團的壓軸節目落幕後，觀眾這才心滿意足地拎著購買的周邊商品，往門口的方向魚貫走出，小孟也不例外。

當然他並沒有忘記肩負的任務，必須好好將迷途的靈魂送往該去的地方。

「走吧。」小孟轉過頭一本正經地說，臉上還殘留著方才大肆購物後的喜悅。

「去哪？」東湛明知故問。可以的話，他哪裡都不想去，除了回家。

「像你這樣的亡魂也只有一個地方可去了，乖乖接受審判、然後進入被分配的輪迴裡吧。我看看……」

小孟的手一翻，原先還掛在臂彎的周邊商品迅速消失，取而代之的是一本線裝的冊子。

青年迅速翻閱，核對東湛的身分，「你的名字是若輕，多年前因溺水身亡，小小年紀就成了水鬼。之所以出現在這裡，是因為抓了新的靈魂交替嗎？」

「才不是——」東湛亟欲辯駁，不料到對方只是逕自將話接下去。

「不過呢，抓交替本身遊走在違反《陰間律法》的邊緣，所以下輩子可能不能如願進入善的輪迴，你可能要做好心理準備。」

「說夠了沒，可以換我說話嗎？」東湛好不容易壓下滿腔的怒火，維持有修養的姿態。他在經紀公司那些年上的美姿美儀課程可不是白學的，身為一名有自知之明的偶像當然得隨時注意形象，不能被情緒牽著鼻子走。錢可以不要，但面子一定要顧。

——即便是在死後。

「我只給你五分鐘。整點就是報到的時間了，得快點去排隊，你也不想等個三天三夜吧。」

看不出來小孟是連時間都如此精打細算的人。不，歸根究柢就只是嫌麻煩吧，還有是什麼隊伍需要花上三天三夜才能排到？

「我不是。」

「嗯？」

「我不是那個叫什麼若輕的傢伙。你把我跟他搞錯了，雖然我現在的身體可能是若輕的，但裡面裝的靈魂是一個叫東湛的男人！」

「我不明白你在說什麼，你都死了，哪還有什麼身體啊。」

空氣似乎在瞬間凝結，過一會小孟才皺起好看的眉，疑惑地開口，看來他也是頭一次遇上這種事。

「我說，我是東湛。」東湛再次聲明。

「偶爾會有這種情況發生呢，」小孟的腦筋轉得快，像是擅自理解了什麼，恍然反應過來。「真是可憐的孩子，一定是死前的記憶太過衝擊，導致烙印在靈魂上的記憶出現了混亂吧，很快就會沒事的。」小孟湊上前，溫柔地牽起男孩的手，像對待小動物般，帶著他往某一處走去。

「別幫我當成小孩子！」東湛奮力地仰起頭抗議，無奈就現況而言，只能任人宰割。

「你會這麼說，就表示你果真還是個孩子。」

「吵死人了！」男孩大聲地抗議。

步行到車站的途中，小孟稍微講解了一些陰間的概念，而東湛迅速轉動腦袋，把對方的話整理出重點。

簡單說來，陰間是所有種族匯合的地方，依照信仰不同，靈魂最終回歸的去處也不同，不過基本上還是這四個選項：上去、下去、出去、這裡。所謂「這裡」就是現在他們腳踩的這塊土地，一個聚集亡者之靈的場所。

其實用不著將陰間運作系統想得太過複雜，上去指的自然是高升至天堂或西方極樂世界，隨便要怎麼稱呼都可以；下去則泛指墜入地獄，是懲戒罪大惡極之人的地方；出去即是離開這裡，既不需要上去也不用下去，想來便是投胎重練，安然進入靈魂的下一世。

「這裡指的又是什麼？」東湛發問。

「就是這些自願留下來的人啊。」

「真的……可以自願留在這嗎？」東湛懷疑地問道。

「當然，陰間也需要能夠效力的人材，不過並不是所有人都是以自願的方式留下來的。」小孟頓了頓，「只要申請居留證，由上面的人審核，前幾世沒有什麼太大的惡業就會被分配到陰間單位服務，在這裡工作還能得到一筆豐厚的薪水。」

提到錢，小孟頓時整個人容光煥發，瞬間成為一個會移動的自主發光體。

「……說是豐厚，確切數字是多少？」東湛訝異於對方的變化，也不禁低頭思考。

「以我為例的話，年薪差不多有一百多萬吧，但在這只能算是中產階級。」為了不讓人聽起來有炫耀的意味，小孟刻意雲淡風輕地補上一句。

「一百多萬？」東湛吃驚不已，他接個商演也才差不多是這數目。但兩者差別就在於他不是年年都有這麼大筆的收入，畢竟要有本業的演藝活動才能招來商機，「是新臺幣？還是美金？」

「都不是，陰間當然也有專門的貨幣。就像你居住的地方，總不會用其他國家的貨幣吧。」小孟沒有大驚小怪，而且對於東湛方才說的各種陽世通行的貨幣名稱，非但沒有表現出從沒聽過的模樣，還一臉「我懂我懂」。

「叮鈴、叮鈴。」

一旁傳來清脆的鈴響，只見一輛十分具有歐風氣息的路面電車緩緩駛來，黃白色的木質車身尤其顯眼。電車逐漸減緩速度，在他們面前停下，對開的車門無聲地開啟。小孟先行踏上車，東湛遲疑地跟上。

車上的座位空蕩蕩的，看來乘客只有他們兩人。幾乎是在他們上車的瞬間，車門便悄悄滑上，周圍忽然憑空現出幾簇幽森的鬼火，為車廂提供些許照明。

「這個是……」

「你不會是害怕了吧？」小孟的語氣戲謔。

「怕什麼？」東湛硬著頭皮逞強，「不過就普通的路面電車，我在歐洲坐得還不夠多嗎！」

小孟不置可否地聳聳肩，然後頭一撇，就看著窗外不理他了。

電車再度開動，東湛不由自主地隨著電車行進不停搖晃，趕緊找了個空位坐下，但也不敢離小孟太遠。畢竟要是出了什麼危急狀況，第一時間得有個能求助的對象，這是他陌生地方的保命守則第一條。

不對，他已經死了。

不知道電車會將他載往何處，在目的地等待他的又是什麼妖魔鬼怪。他只想要找到回家的路啊，如果有人能夠……

想到這裡的東湛驀然抬頭，視線掃往駕駛座的方向，發現原本該坐著操控車輛的技術人員之處，那裡什麼人影都沒有。

就跟車廂一樣空無一人。

那麼，這輛車又是靠什麼來駕駛的呢？

「電車本身配有『魂玉』，是以那為動力驅動和操控，這是陰間高層為了減少不必要的人力支出想出的配套措施。」東湛的問題幾乎才剛萌生，身旁就立即傳來小孟的解釋。

「『魂玉』是什麼……」

「以後你就會知道了。」小孟只留下一個模糊的答案，就不再開口說話了。

東湛也沒想再追問下去，識趣地閉嘴坐好。行進中的電車車廂內意外平穩，窗外的景色飛快地掠過。就這樣持續約莫幾分鐘的沉默，最後他還是破功了。

「地獄是什麼樣子啊？」東湛突然問道。

「地獄有一百零一層，我怎麼會知道全貌是什麼樣子？那裡已經超出了陰間的管轄範圍，是特別劃分出來的獨立機構。」小孟蹙著眉回答，心裡想的卻是該如何讓這傢伙閉嘴。他的問題太多了，再問可能該要考慮收費了，沒有任何事是毫無代價的。

「我以為只有十八層，不是嗎？」小孟的回答再度推翻了東湛作為一介人類對於地獄的既定印象。

「活人犯下的罪有可能那麼少嗎？」小孟一臉鄙視，「每一層實施的刑罰都不同，越往下層就是惡性越重大的犯人。為什麼問這麼多，你覺得自己會下地獄嗎？」

東湛本人倒是從未思考過這個可能性。要說是為什麼，那是他想不到自己有任何犯罪的經歷。何況，他一向是自家經紀公司中形象管理做得最好的藝人，下地獄怎樣都輪不到他。

「不可能，而且也沒有這個必要。」東湛挺起胸膛，嘴角扯出自信的弧度。

小孟不置可否地挑起眉毛。

感受到對方明顯不相信自己的目光，東湛當然得提出佐證，「我生來就是耀眼的存在，所以才選擇成為藝人，也只有這份職業才能完美消化我的美麗。」

「……你還是沒說到重點。」

「我以為我的意思已經相當清楚明瞭了。」

「人的一生中不可能沒有犯過任何錯誤，只要存有私心。」

「我一向大愛。」東湛從不吝與他人分享。那是因為他知道唯有一樣東西無法分享出去——他的絕美容顏。

「即便是再怎麼微不足道的謊言，又或者是出自善意的謊，從根本來說，就已經跨過惡的門檻了。」小孟也不知道怎麼回事，就想揪住對方的小辮子。

「你沒看出來嗎？我的容貌不需要向大家說謊。」東湛一臉認真，身上散發出強烈的自信光芒。

東湛的邏輯實在讓人無從吐槽起，小孟本來想再說些什麼，最後還是算了。片刻後，他震驚地領悟出一個事實，「當人們太過迷戀自己那便是一種罪。這種罪的責罰方式，就是每天照上百面鏡子，直到鏡中的你不再像是自己，才能消除心中的惡。」

小孟說得驚悚，東湛卻覺得頗不以為然。照鏡子有什麼難的，這恐怕是每個自戀的人都夢寐以求的處罰吧！

「欸，我說你……」發現對方完全沒被嚇到，還意外興致勃勃，全然不像亡者進入陰間接受審判那副要死不活的模樣，小孟頓時有些心頭火起。

「啊，我們到市區了對不對？」東湛突然像發現新大陸般驚呼一聲，趴到冰涼的車窗上，小小的臉都擠扁了。

「什麼？」硬是被打斷的小孟有些不爽，但眼下也只能無奈地望向窗外。

電車順著軌道駛進了一個看似城鎮的地方。四周街道縱橫交錯，左右緊鄰著風格迥異的建築，不只是中式，連西式風格的房屋也隨處可見，喧嘩聲也以此為起點傾洩而出。

住在這裡的雖都不是活人，但他們身上不約而同散發出久居此地的熟悉感，和諧地融入城鎮裡，這樣的氣氛讓東湛稍微不那麼緊張了。一鬆懈下來才發現，自己原來是如此忐忑不安。

原來，即便是他，在面對死亡的時候，還是有那麼一絲絲害怕的。

「哇！」東湛完全掩飾不住興奮之情，臉上同時揉合著些微的訝異。隨著車速漸緩，叮鈴一聲，車門再度開啟。轉眼間小孟已經下車了，東湛害怕被丟下，趕緊三步併作兩步地跟上。

「這裡是中央街，也就是陰間居民生活的區域。再過去幾條道路便是公家機關辦公的地方，審判一般也都是在那，所以從這裡開始，就必須要以步行方式前進。任何交通工具都禁止進入這個區域，如有違反者，根據《陰間律法》第八十五條之三得以處拘役二十天。」

「你一直說什麼律法，」東湛努力維持住形象，就算現在這副身體（靈體？）不是他的，也沒必要暴露醜態，「也就是說，陰間還有類似執法機關的存在？」

「嘛……有是有啦，」小孟忽然露出複雜的眼色，像是想起什麼不堪的回憶，「不過都是一群難搞的傢伙。奉勸你一句，離那群人遠一點，跟他們扯上關係絕對沒好事，別說我沒提醒你啊。」

面對小孟忽如其來的鄭重警示，東湛只能怔怔地應了聲。小孟現在跟自己說這些是不是太早了？他連那些人是屬於什麼組織都不清楚，要如何避開啊？

中央街作為居民時常流連忘返的生活區域，就像是沙漠中唯一的綠洲，人潮自然而然從四面八方聚攏過來。即使到了夜晚依然燈火通明，店鋪也配合川流不息的人潮，直到夜半三更才打烊。

或許這點跟陰間的人並不怎麼需要睡眠有關。一邊聽著小孟解說，東湛心中突然冒出這個念頭。

陰間跟陽世一樣，有日出日落的變化，一天的時間也是以二十四小時計算。只不過前者的時間流逝得相當緩慢，有時候東湛覺得差不多過了一小時，詢問身旁的青年卻得到實際上才過去十五分鐘的答覆。

就在這時候，空氣中傳來了淡淡的藥材香味，他和小孟來到了中央三街。這裡是唯一充滿書卷氣息的街道，各路商家販賣著各式各樣的書籍，但其中並沒有會散發出藥材香味的典籍。

「這味道是從哪來的……」東湛大口嗅聞著空氣，一邊察看四周，才發現氣味是從中央三街延伸出去的巷道裡傳來的。

隨著他們逐漸接近巷道，氣味也漸漸變濃。那裡看起來與明亮的中央三街不同，整體昏暗，微微散發出一種幽微的光亮，不至於讓人伸手不見五指，一進去就頓時迷失方向。

「那個是……」巷道裡的奇異氛圍吸引住東湛的目光，他沒忍住誘惑，向前跨出一步。

一個聲音隨即將東湛從不可思議的虛幻氣氛中拉了回來，「這條街叫『暗巷』，是無法治地區。暗巷裡的店家沒有經過登記，自然無法可管。」

小孟的嗓音不急不徐地從他身後傳來，一瞬間中央三街的喧鬧聲又再度充斥四周。

「但是看起來沒有像你說的那麼危險啊，相反的，感覺裡頭有什麼有趣的人事物。」此刻東湛的好奇心是有增無減。

「外觀如何，並不代表內在會接近你以為的樣子。」

「這麼說也沒錯，但……」東湛內心糾結，還想往下追問，但對方顯然沒有心思旋繞在這個問題上，腳步漸遠。東湛追了上去，但他對暗巷的好奇心沒有就此止歇。

他在內心盤算，將來有機會的話，一定要再去一揭這中藥香的神祕面紗。但也僅止於想想罷了……死人是做不了任何事情的。

「咦？小孟？小孟呢？」就在東湛拋開絕望的思緒再度抬頭時，視野中竟無青年的身影。他和小孟走散了，同時身後驀然湧現一股人潮，瞬間便將他淹沒。

「好擠，要不能呼吸了！這是要去哪啊？」小小的東湛像夾心餅乾的餡料般任人宰割，隨著移動的人潮被帶往某個不知名的地點。

當他的腳重新落地踩穩時，矗立在面前的是一棟外觀設計十足現代化，挾帶著驚人氣勢坐落於此的氣派大樓。建築屋頂尖端的空白處鑿刻著「審判廳」三個大字。

剛才那群人是來審判廳參加一日參觀行程的遊客，現在正在進行訪客登記。

「各位請跟著我這邊來。」隊伍前頭的導遊小姐舉著面小旗子，帶領來客依序步入廳內。東湛糊裡糊塗地也領到一張類似訪客證的東西，很可能被誤以為是旅行團的一員了。

穿過大門進入廳內，迎來的又是另一番景象。從名字猜想，審判廳應該是類似法院的場所，而這裡給人的感覺也確實是莊嚴肅穆，但似乎又有些微不同。組成審判廳的裝潢元素還融入了一種低調的奢華。地板是木質，擺設簡約俐落，門廳左右兩旁各有螺旋階梯向上攀升，樓梯盡頭分別通向一扇門，不知是做何用途。

螺旋梯的梯段平臺則連接了個甬道，通過走道後，才真正抵達開放給一般民眾參觀的地方。展示空間由數十座展廳相連，有座展廳利用了某種投影技術詳細介紹審判廳數千年來的歷史，有個展廳則存放著審判罪人用的千年古物刑具。

「小弟弟，你一個人嗎？」導遊小姐注意到落單的男孩，特意上前搭話。

東湛愣了愣，才意會過來對方口中的小弟弟指的正是自己。沒辦法，他這個小弟弟算算時間也才當了不到幾小時，業務尚未熟練，只能勉強地點了點頭。

他討厭被人這樣對待，更討厭這個矮冬瓜的瘦弱身軀，但眼下也別無他法。

「沒有帶領你的人嗎？這裡是審判廳，只有事先申請參觀的旅行團才能入廳。看你似乎是剛來陰間報到的樣子，是不是迷路了呢？」導遊小姐柔聲詢問。即便面對東湛這樣的小孩，也能面不改色展現專業人士應有的耐心及態度。

東湛安慰自己這是因為他本來就不是普通的小孩，他可是個大人，現在這樣委屈只是暫時的。

但他並不排斥利用現在的身分來達成目的。畢竟東湛也是個演員，還在出道不久後便拿下新人獎，年紀輕輕就迅速達成了第一個職涯里程碑。

於是，東湛徹底將自己大人的靈魂偽裝在小孩的外貌底下，「大姐姐，這裡跟想像的陰間好不一樣喔，建築物都很大、很新呢！」

導遊小姐明顯愣了愣，隨即笑顏逐開，心情變得更加美麗，原因肯定是東湛用了使人感到年輕的稱呼方式。

導遊小姐的外貌看起來的確只有三十歲出頭，但陰間居民的年歲不能以外貌來判斷，她無論如何都不只被叫大姐姐的年紀。

總之，導遊小姐被這麼一叫，很是心花朵朵開。

「那裡都是什麼樣的人啊？」東湛乘勝追擊，接口再問。話中指的是從方才就興奮不已的旅行團，那些聒噪的人跟陰間居民不同的是，雖然看得出不是活人，但又比那些死氣沉沉的亡靈來得更加朝氣蓬勃。

彷彿臉上都塗抹了些什麼，每個人都帶著一種祥和的氣質。

「他們都是從極樂世界來的人喔。好幾輩子累積起來的福報讓他們在極樂世界過得很好，每年不定時還有小旅行可以參加，會像現在這樣到不同的地方去旅遊，有時是陰間，有時則是地獄。」

「能去那麼遠的地方嗎？」應該說，地獄竟然是觀光景點嗎？

「是的，但通往地獄的列車一週只有一班，只能進不能出。除非事先申請，一般我們不會把地獄排進行程裡。」導遊小姐展現高度的耐心，仔細向東湛解釋，眼神中流露出對孩子的縱容，即便對方並沒有提出什麼不合理的要求。

只能進不能出？那要怎麼離開地獄？這句話一點道理也沒有。東湛想再追問，可是這時遠方有人叫了聲「導遊小姐」，轉過頭一看，原來是想請她幫忙拍張團體照。這自然是沒問題，只是當她再回過身時，哪裡還有男孩的蹤影。

東湛跑走了，不是不想得到答案，而是他更想從這個鬼地方出去。他和那個叫小孟的青年走散了，也就是說他目前只能倚靠自己。這個「陰間」完全顛覆了他的既定印象，一定不是他以為的那個陰間，只是相同名字的某個地方而已。

這時候，在走廊深處傳來了細微但穩健的腳步聲，迫使東湛停下，朝聲音的方向探頭張望。

「喀咚、喀咚、喀咚。」起初只是隱隱約約的聲響，但腳步聲逐漸從遠至近，直至迴盪整個空間，彷彿連空氣都因這突如其來的腳步聲而震動。倒不是震耳欲聾的聲響，而是腳步聲主人帶來的一股強烈氣勢。

這列隊伍約莫五到六人，隊伍前後端的人都裹著黝黑的大斗篷，看不出身形。唯一可以辨別彼此差異的是覆蓋在臉上的淨白面具，上頭有著像是用毛筆寫上的墨黑字體。

隊伍前端的兩人分別寫著「壹」和「貳」，後端的則是「參」跟「肆」，宛如代號般。而被夾在隊伍中間的兩人身上則穿著像是囚服的單薄衣物，蒼白的臉看起來寫滿了惶恐。這一行奇異的人馬就像是押解犯人的隊伍。

東湛看得入迷，完全沒想到要迴避。直到有隻手急忙伸出，壓著他略微將頭低下，並迅速拉著他退至牆邊。

「他們是送刑者，記住，別跟他們的視線對上。」

一旁傳來導遊小姐刻意壓低音量的嗓音。

話是這麼說，但詭異的面具上沒有能視物的洞孔，別說對上視線，東湛甚至懷疑他們能不能看到前方。但依照送刑者們平穩的腳步判斷，顯然他的擔心是多餘的。

「面具上的代號是唯一稱呼他們的方法。」

這景象恍若隔世，導遊小姐的聲音聽來格外遙遠，過一陣子東湛才終於回過神來。方才那匆匆一瞥，在他心上留下了一抹異樣感，但稍縱即逝。

這是為什麼呢，送刑者對他而言別具什麼意義嗎？

不到一眨眼的時間，送刑者很快地押解著犯人轉進另一條廊道。

東湛仰起頭，對身旁的導遊小姐送出一個燦爛的微笑。

「嗯？」美麗的導遊小姐接收到他無聲的問話，下意識地解說起來，「送刑者，是專門押解罪大惡極之人前往地獄審判的職員。他們平常也負責追緝逃亡在外的惡靈，據說只要被盯上，無論是天涯海角都逃不過。」

「那些人有這麼可怕啊……」東湛若有所思地又朝送刑者離去的方向遞去一眼。

「送刑者都曾是罪大惡極之人，他們犯下的罪行罄竹難書。之所以擔任這個職務，是為了減少刑期，即便如此仍是抵銷不盡。」彷佛嫌剛剛的氣氛不夠弔詭，導遊小姐隨後又添上一句。

「喔，原來啊。」東湛認真地點了點頭，但很快的，他隨即發現更有趣的事物，把送刑者拋諸腦後，迅速往另一條走廊鑽去，「謝謝妳好心的解說，但此地不宜久留，我要先撤了。」

「嗯？人呢？」

只在眨眼的瞬間，當導遊小姐後知後覺意識到時，小孩又不見了蹤影。

她原本是想來帶他出去的，因為他明顯是迷途的亡靈。審判廳的構造不像外觀看上去那麼簡單，空間配置就像迷宮一樣，令人摸不著頭緒。沒有專人從旁引導的話，一不小心就會被更深的黑暗吞噬，後果不堪設想。

此時的東湛來到一條與剛才風格迥異的走廊。這裡沒有古物也沒有送刑者，牆上掛滿了鏡子。他數了數，共有九面。

鏡子一連延伸至走廊的盡頭，濃濃西洋風的鏡框上標示著壹至玖，最靠近他的那一面是壹，想來玖便是在走廊的另一端。就在東湛思考著鏡子的用途時，發現旁邊就有個解說牌，寫著「前世Ｘ９」。

等等，這也太過簡單了吧。好歹再寫些什麼啊，例如使用步驟之類的？

「也就是說，這是可以看到自己上一世的鏡子，並且可回溯到九世以前？」

東湛雖滿懷疑惑，但依舊忍不住上前站定在第一面鏡子前。

照這世的他閃耀著如此炙人的光輝看來，他的前世、甚至或是前前世搞不好都是不得了的大人物，也可能是名人或偉人……

實在是太令人好奇了，東湛已經無法抑制自己內心洶湧澎拜的妄想。但奇怪的是，鏡子竟無法反射出他的容貌，只是呈現一片寂靜的黑。

莫非，是他的絕世容顏讓鏡子一時大當機？不對啊，現在他的模樣也不是真正的東湛，充其量就是個小屁孩……

東湛不由得伸出手，輕輕撫過鏡面。

「好髒。」他不可置信地看著自己的右手沾滿不知累積了多少年月的陳年汙漬。

原來並非鏡子失效了，而是久未清理而積了厚厚的一層垢。他忍著欲嘔的心情，抱著必死的決心費了九牛二虎之力，好不容易通過了「考驗」，只見原本黝黑的鏡面稍微露出了塊淨土，可以如願見到一小片光滑的表面了。

但鏡子仍然沒有出現絲毫變化，東湛難掩失望。足足擦了十分鐘，換來的卻是一場空，他忍不住嘆了口氣。他從方才便全心全意地專注在鏡子上，以至於沒察覺到逐漸朝自己逼近的身影。

驀地，有隻手重重拍在東湛肩上。

「哇！」東湛從小就有個小小的缺陷，他很容易受到驚嚇，尤其是在對方做出自己意料之外的舉動時。他一臉惶恐地跳了開來，雙手順勢揚起揮下。

「喀啦。」

腳邊傳來一聲清脆的玻璃破碎聲響。東湛愣了下，然後領悟到自己闖了大禍。

めんじゅう　ふくはい

陽奉陰違

第二章

第三分隊

M E N J U U F U K U H A I

碎裂聲來自鏡子，東湛在無意間破壞了古物。

那隻手的主人也目睹了這悲慘的一幕，冷不防地倒抽了口氣，「看看你做了什麼好事！」

面對青年的指控，東湛自知理虧，但仍想狡辯，「要不是你忽然出現在我身後，還拍了我的肩，這種意外有可能會發生嗎？都是你的錯！」

「什麼？你竟敢用這種態度對待我，死小鬼！」小孟一臉慍怒地緊抿著唇，彎腰狠狠捏住東湛的臉蛋。

「你幹嘛啊！痛、快放手！」東湛撫著臉上的紅印，忍住兩泡眼淚。自己與對方身形上的差距太過無奈，只能默默敗下這一回合。

「我可是找了你很久，還在想你該不會跑來審判廳吧，結果還真的隨便就跑進來。你知道嗎，就連我也不會沒事踏足這裡！」

「有那麼嚴重嗎……」

「有。你看，黑暗被你吸引過來了。」小孟的頭往旁邊一撇，意味深長地說道。

東湛愣了片刻，才驚覺到一件不曾注意過的事情。他原本以為這條長廊只是光線昏黃而已，卻沒發現此刻與剛踏進來時相比更為幽暗，幾乎只能目視周圍不到一公尺的距離。

他跟小孟就快被黑暗吞噬了。

「這是什麼鬼東西啊！」東湛想扔下一切逃跑，卻被小孟拉住。

他厲聲警告，「沒用的，一旦被盯上就無處可逃了。」

「那你起碼也得跟我解釋這些都是什麼啊，真的沒有辦法嗎？」東湛努力縮起身子，不讓黑暗沾染上自身的任何一角。

「黑暗是無形的，是宇宙中的一種物質，也是一種難以解釋的現象。只要誤入其中就再也無法返回，在那個世界只有無盡的黑暗。」

東湛拚命想要理解對方話裡的含意，因而皺緊了眉頭。然而苦苦思索一番後，他只能給予小孟「你在說什麼鬼東西」的微妙表情。

小孟見狀也不責怪，只是無奈地聳了聳肩，「我也沒指望你能聽懂，畢竟還小嘛，小孩子這樣是很正常的。」

小？他東湛最忌諱聽到這個不堪入耳的字眼了。

東湛立即踮起腳尖抗議，憤憤不平地揮動拳頭，「我哪裡小了，給我睜大眼睛好好看個仔細！」

「不過，你用不著擔心，」小孟根本沒在聽他說話，很快地岔開話題，「由於你破壞了審判廳的公物，很快就會有人來找我們。他們身上的正氣可以輕易驅散黑暗，畢竟在陰間他們代表的即是法律，即是正義。」

經人一提醒，東湛終於想起自己前一刻闖下的大禍。他噤聲半晌，才喏喏地問了句，「他們指的是……？」然而，心中卻早已預料到答案。

「陰間刑務警備隊。」

「……」心中所想的被證實，東湛瞬間起了一身雞皮疙瘩，不知道是不是這七個字帶來的震撼所導致。

與此同時，某處響起了不只一個人的足音，逐漸朝這邊而來。黑暗如潮水般迅速退開，周圍的視野變得明亮起來。

心中的警鈴響個不停。

感覺上，陰間什麼警備隊的比那些會吞噬迷途亡靈的邪物更加可怕。

「現在逃走還來得及嗎？」掙扎必然得做到最後一刻。

「人都到了，你認為呢？」小孟不急不徐地扔下一句稍嫌冷淡的答覆。

在東湛和小孟把視線聚焦在越來越清晰的人影時，角落的一隅發生了不可思議的事情。鏡面的碎片悄悄移動，然後消失，原本被打破的一角竟然復原得完好如初，就像是從未經人破壞一樣。

東湛沒注意到的是，在他轉移視線的後一秒，被他視為故障品的鏡子浮現出了影像，鏡中是個長相好看的年輕男人。

男人笑得猖狂，手握大刀把面前的人全都殺得精光，無論是老人、女人，甚至只是襁褓中的嬰兒。男人所在的時代背景看得出來有些年代了。

畫面一度因過於血腥而轉黑，彷彿在見證某個人的紀錄片。男人在鮮血淋漓的場景中揮舞著奪人性命的刀刃，以死亡演奏著屬於自己的圓舞曲。

最後，男人終於停止了這場暴行。他像是注意到有觀眾在旁似地轉過頭，嘴唇無聲蠕動著，那嘴形好似在說著——

「我會找到你。」

「麻煩再重複一次，你的個人資料。」眼前將深青色長髮綁成高馬尾的男人，對東湛冷淡地說道。

「如果我再重複一次，會加強供詞的可信度，又或者會改變你對我糟糕到不行的印象嗎？」

「視情況判定。」對方仍是一貫的冰冷嗓音，面部表情未曾起過一絲波動，彷彿對這類事情早已司空見慣。

「但你根本就不信不是嗎？」東湛面對這個如冰山般寒氣颼颼的男人，險些把持不住怒氣。

「我沒那樣說過。」男人淡淡否認。思索了會，又加上一句，「視情況判定。」

「你是不是只會這一句？」東湛不高興地指出。

「……這是我的工作。」沉默片刻，男人端出專業的架子如此表示。說是專業，但他從頭到尾就只有一種表情，彷彿此人生來就未曾有過其他情緒，像現在這樣是他竭盡所能釋出的最大善意。

可惜東湛並沒有接收到，雙方的電波打從一開始就銜接不上。

兩人間的氣氛有些緊張。

礙於東湛自知理虧，怎樣也無法理直氣壯起來。他明白自己才是做錯事的一方，要不然也不會像眼前這樣，被帶到陰間刑務警備隊總局的某張辦公桌前，像個犯人般接受各種調查——雖然他確實就是犯人。

根據約莫十分鐘前對方的自我介紹，這個男人名叫上官申灼，是警備隊第三分隊的隊長。

奇怪的名字。東湛只敢在內心偷偷腹誹一句。

「我是東湛，今年二十三歲，職業是全方位藝人。因為某些我也不知道的原因，明明前一刻我還在拍戲，下一秒卻困在這該死的身體裡……喂，你有沒有在聽啊？」

「嗯。」一聲冷淡的回應聲落下，上官申灼那雙銀灰眼眸的目光從剛才就一直黏在手中的線裝冊子上。

就是這副無所謂的態度讓東湛覺得火大，但他很快便壓下不斷湧上來的怒氣。他可是擁有絕世容顏的美男，即便現在不是，也絕不能讓眼前的人毀了他長久苦心經營的形象。

「如果你還想知道其他情報，我願意全力配合。」只要可以讓自己盡速離開這鬼地方。

「為什麼態度忽然變了？」上官申灼輕蹙了下眉頭，似乎很不解。

「……你希望我暴打你一頓嗎？如果你想的話我可以喔。」東湛必須得很努力才不至於讓自己的白眼翻得過於明顯。

「呵。」上官申灼淺淺扯動嘴角。

「你笑什麼？」東湛無視那小麥色臉上該死的有些好看的笑容，斷定對方是在嘲笑自己。

「你打不過我。」上官申灼只是一本正經地指出事實。

「……」是啦，以他現在這副狀態，誰都打不過。東湛賭氣地撇開頭。

「若輕，十歲，死因是溺水。但距離事發當時已過二十年，為什麼現在才來陰間報到？」上官申灼原封不動地將冊子上記載的內容念出。看樣子那是本生死簿，精準紀錄了每個人生死的時辰。

「我怎麼知道，我又不是若輕。」何況，能夠證實他身分的青年早在見到刑務警備隊登場後，就匆匆忙忙找個理由閃人了。不過說起來，小孟一定也是認為他就是那個若輕。

若輕，是這孩子的名字嗎？死去時候才十歲……

這一切實在太難以想像，如果這是場惡夢的話，能不能現在就讓他醒來？

上官申灼又拿出一個奇怪的黑色儀器，熟練地在東湛覆蓋著雪白瀏海的額前比劃，像是要測量溫度，直到儀器發出一聲低沉的機械音才收回。

「根據判定，你的靈體確實是屬於若輕。」檢測的結果讓他難以相信眼前的孩子會是那個自稱東湛的男人。

而且他手上這本生死簿，能夠精準紀錄所有陽壽已盡之人的生辰八字，所有靈魂在生死簿面前皆一視同仁。然而，其中卻沒有半個人叫做東湛。

只有兩種可能，一是東湛尚存活在世上；另一種可能則是，東湛並不是真名。

「你的真名呢？」

沒料到對方竟有此一問，東湛愣了楞，心虛地睜大雙眼，故作鎮定裝傻，「啥？你在說什麼，這就是我的真名啊……」

「如果真照你所說，你是個藝人的話，『東湛』很有可能只是藝名。」

「花……」東湛及時住口，差點就要一腳踏入無法挽回的局面了。

沒錯，東湛並非他原本的名字，而他的本名是導致求學生涯不太順遂的元凶。

就因為這可笑到不行的名字，讓他曾經有個叫「花花」的屈辱綽號，也讓他在小學一年級時就有了想把人生打掉重練的念頭。

他知道這樣想的自己很不應該，真正做錯事的是只因名字便取笑他的人，即便那些人都是無心的。

有時候，人會毫無自覺地懷抱著惡意。

因為沒有意識到，所以不受道德拘束地傷害他人。

沒有人會因為這種小罪小惡而真心懺悔，因為在無心的當下，他們甚至不覺得那是傷害他人的行為。

花茗熒。他極度想遺忘的名字。

「不過呢，」上官申灼忽然話鋒一轉，「啪」地闔上了手中的生死簿，一臉專注地凝視著他，「我選擇相信你。」

「為、為什麼？」東湛詫異地眨了眨棗紅色的雙眼，迎上了對方的視線，不明白他回心轉意的原因。

「因為影子。」

「影子？」東湛不解地將目光往自己腳邊移去。的確隱約能夠看到黑色的塊狀物體，但要說是影子，卻沒有具體的形狀，只能見到大致的輪廓。

——小小的身軀，卻投射出成年男性身形的影子。

東湛張大了嘴，發不出半點聲音。

「你被捲入了類型四的案件，也就是被未到陰間報到的亡靈強制互換靈魂，只為了尋得重返陽世的機會。」

聞言東湛火冒三丈，咬牙切齒地吐出怒言，「既然你早知道了，為什麼不直說？」

身為分秒必爭的演藝人員，最不能接受的就是浪費時間。

他無法理解為什麼總有愚蠢的人類為了突顯自己的明星光環，總是要拖拖拉拉半天，才姍姍來遲到攝影棚。早早結束工作，能夠利用的時間反而增加了不是嗎，這麼簡單的道理還要別人教嗎？

「測試。」

「什麼？」東湛毫不意外地愣住了。他眨了眨眼，這傢伙在說什麼？

「在強制互換靈魂的過程，雙方靈魂會產生強烈碰撞，有可能導致其中一方出現記憶混淆。所以我必須對你進行測試，確認你的身分。」

「這聽起來，簡直就像是……」東湛難以接受地喃喃自語。

對，簡直就像是那個……

「抓交替。」同一時間，雙方不謀而合說出相同的答案。

「可是不對啊，既然是抓交替，那現在的我到底是生是死？為什麼會變成這個叫若輕的小孩？」

「我們列為類型四的案件，分為兩種情況。一種就是陽世的人已熟知的說法，抓人頂替自己的位置，好進入轉世的輪迴，但這樣冒險的方法需要代價；另一種較為罕見，有些品行不良的孤魂會刻意躲避送刑者的追捕，只為了尋得再次重返陽世的機會。」

「再次重返陽世……那樣的事有可能嗎？」

問出口的瞬間，東湛不禁有些後悔。就是有可能，他現在才會在這裡啊。

「所以才說極為罕見，能否成功全憑孤魂強大的意志。必須同時湊齊三個條件，極陰之日、極陰之時，還需要極陰之地，具備三者就完成了互換靈魂的準備程序。如果互換的目標還是個生辰八字都聚陰的極陰之人，成功機會也會大幅提升。」

「等等，那個極陰之人……不會是在說我吧？」

上官申灼回以「你說呢」的冷淡表情，然後繼續以毫無起伏的聲調說明。像個標準的公務人員，語氣不顯急躁。

「待一切大功告成後，孤魂就能如願代替此人，以對方的身分存活於陽世。換句話說，現世的你並未亡故，不過是肉體寄宿著別人的魂魄罷了。」

東湛聽得一愣一愣的，久久無法回神。

他們目前所處的空間，是陰間刑務警備隊總局的第三分隊辦公區域。周圍被細碎的談話聲與滿天飛的繁雜公文淹沒，簡直就像個真正的公家機關，但進出這種地方這可不是東湛的日常生活。

在辦公室的某個角落，有人不小心將整疊公文檔案落在了地上，發出響亮的碰撞聲，頓時引起周遭的側目。也是在那個當下，東湛終於重新找回了聲帶。

「所以，現世的我還活著，而那個叫若輕的孩子正霸占著我的身體。」

「雖然尚不知目的，但是這樣沒錯。」

「那有沒有辦法奪回來呢？」東湛發現自己完全無法冷靜，身子不由自主向前，都快撲到上官申灼身上了。他猛力握緊雙拳，擅自將希望寄託在對方身上。

「有。」上官申灼謹慎地點頭，「必須在同樣的三個條件下，找到占據身體的孤魂，強制將靈魂歸位。」

這方法聽起來容易，現實上卻是困難重重，何況東湛現在還是個什麼都辦不到的小孩。

「萬一對方不願配合呢……」人家都等了那麼多年，好不容易得到重返陽世的絕佳機會，怎麼會輕易拱手還人？

「那就只好這樣做了。」

「哪樣？」

「動用武力。」上官申灼雲淡風輕地說道，眉宇間卻凝聚著一股不容小覷的殺氣。

救命，你那不是武力，很明顯是暴力啊！

東湛躊躇著要不要乾脆找別人來幫助自己，周圍的氣氛卻在剎那間變調，嚇得他心驚膽跳——等等，這具不是活人的靈體才沒有會跳動的器官。

原先還算祥和的辦公室，不知為何瞬間風聲鶴唳起來。

「你這蠢貨，有種再說一遍！」上官申灼鄰座的女孩貌似跟同事一言不合，當場便扭打了起來。

「不爽來單挑啊，怕你喔！」再遠一些座位的人也不遑多讓，直接亮出武器隔空較量。這群人身上唯一的共通點，就是都穿著黑色西裝的警備隊制服。雖然看起來根據每個人的喜好，樣式稍有不同，但散發出的銳利感是不會騙人的。

陰間刑務警備隊，到底是何等恐怖的地方啊！

十分鐘後，上官申灼終於領著東湛離開了總局。

他們沒有朝主要幹道前進，而是轉進鄰近的巷子。巷道盡頭處有一棟看似別院的木造建築，緊連著豪華氣派的總局。這棟建築雖沒有繁複的裝飾突顯其重要性，但地點隱密依舊別有一番風味。

「這裡是陰間刑務警備隊第三分隊平時辦公的地方。」上官申灼簡單介紹。

「那，剛剛那裡是？」東湛微微側過頭。他是指剛才接受調查的地方，顯然那裡還有其他分隊的成員。

「只有處理重大案件的時候才會到總局，其餘時候各分隊都有自己的辦公處。」

喔，原來是這個樣子啊。乍看還以為第三分隊的人都被發配邊疆了，看來是誤會一場，但這兩棟建築的模樣相差會不會太懸殊了點啊？

上官申灼帶著東湛，來到一扇刻有精緻雕花的木門前。他先輕輕拉了拉門把，似乎發現什麼異樣，接著彷彿習以為常地踢了門板一腳。在木門順暢地應聲敞開之際，有塊東西掉落下來，不偏不倚砸中了東湛的頭。他痛得齜牙咧嘴，忍不住抱頭哀號連連。

拾起掉落的東西一看，發現那是塊門牌，上頭用黑字清楚寫著「刑務警備隊第三分隊」。

「沒事吧？」頭頂上傳來上官申灼的淡淡詢問。

「當然有事，不信的話你被砸一次試試啊！而且在慘事發生後才慰問有意義嗎？」

「嗯。」

「……我說，如果要關心他人的話，能不能至少有點誠意？」

「這不是我應盡的義務。」上官申灼冷冷地扔下一句，隨後補充，「何況，我一向如此。」

他把門推開至正好可供人出入的寬度後，逕自走入屋內。

東湛只得摸摸鼻子跟進，同時不忘碎碎抱怨，「成天擺著一張死人臉，是怕人不知道你已經死了嗎。」

上官申灼不知道有沒有聽到，只是瞄了對方一眼，嚇得後者趕緊噤聲。他示意東湛隨意找個位置坐。

屋內的空間配置相當簡單，就是一般想像中的辦公室環境。有數不盡的公文到處堆放，櫃子也塞滿可觀的檔案，甚至有些看上去相當有歷史年分。辦公室盡頭還有一條走道，延伸出去連接到另一處空間，不過走廊後面是怎樣的世界就無從得知了。

「阿申，你回來啦！」

冷不防響起一道稚嫩的童音，東湛才驀然發現上官申灼把他丟在這，不知去向了。

東湛回過頭去，一張臉突然出現在肩側，他頓時胸口一緊，被嚇了好大一跳，連手中的門牌也不慎脫手。

對方輕鬆地將飛出的門牌接住。那是一個看似與他現在這副身體差不多年齡的小孩，灰髮碧眸，但眼神透出的專注卻顯示著老練的態度。

「你、你是誰？」

「我是檀，第三分隊的隊員。你這裡沒事吧？看起來很嚴重耶。」他伸出纖細的手指點了點自己的頭部。

「啊。」東湛立即依言摸向自己頭頂，那裡明顯腫起了個包。他先是愣住了，隨後才反應過來，表情有些一言難盡，「鬼也會受傷的嗎？」

「為什麼不會？」對方一臉莫名其妙地反問，好似如此簡單明瞭的事實，就他不知道答案。

「因為是鬼啊，」東湛下意識就想據理力爭，證明自己……並非那麼愚蠢，「人都死了，靈體竟然還要遭受這些痛楚，未免也太不公平了吧！」

「說得有道理，但順序錯了吧。」

「什麼？」東湛沒料到檀會如此答覆，不由得一怔。

「不是先有人才有靈，而是反過來才對。人不過是乘載靈的容器，既然人會受傷靈當然也會啊。何況這裡可是陰間，意味著什麼樣的災禍都可能降臨到頭上。

你可得小心一點啊，搞不好會死第二次喔！」

「哈哈……別開玩笑了。」東湛本想一笑置之，卻發現對方根本沒有半點開玩笑的意思，整個人嚇壞了。

檀只是微微一笑，十分有長者風範地拍了拍他的肩，然後拿出不知藏在哪的工具箱，輕而易舉地把門牌固定回原先的位置。整個過程不到五分鐘，彷彿這舉動已經做過不下數百次，很是習以為常。

「檀。」上官申灼渺無聲息地再次出現，懷裡抱著一疊資料，「你跟他說了什麼嗎？」

「什麼都沒有。」檀明顯說謊了，但上官申灼也不是很在意的樣子，「他就是類型四案件的被害人？」

東湛不是很喜歡這個說法。明明當事人就在現場，他們卻用一副無關緊要的口吻討論自己。

「我們只在這裡停留一下，很快就要出發了。」上官申灼沉著地說。

「出、出發？要去哪裡？」東湛完全跟不上兩人對話的節奏。

「陽世。」

「我可以復活了嗎！」

這是天大的好消息，東湛簡直不敢相信自己的耳朵，他眼睛發亮地來回看著兩人。

「不是那麼簡單的事。」檀好心地提醒。

「啥？那不然是怎麼樣？」東湛的臉垮了下來，又變得委靡不振。

上官申灼認真地端詳他好一會，久到東湛都要以為這莫非是什麼一見鍾情的戲劇化場面時，對方卻又若無其事地移開目光，回到辦公桌埋首於公事，就這麼丟下他不管。

這讓東湛有些不解，「按照常理，你應該跟我解釋事情的來龍去脈才對吧？我還被蒙在鼓裡耶，先生。」

「我確實想過。」上官申灼承認。

「嗯哼，然後呢？」東湛追問。

「太麻煩了。」上官申灼不假思索地結束了話題，又繼續手邊的工作。

東湛奮力咬著牙，才壓抑住朝上官申灼揮拳的衝動。

如此欠揍的傢伙，應該是百年難得一見。不，是不如不要見！

「阿申是行動派的。」檀軟軟的聲音從東湛身後傳出，男孩也回到了自己的辦公桌前。

「所以？」

「要他解釋倒不如讓他實際去做，會更省時省力喔。」

「簡單來說，就是這傢伙不喜歡說多餘的話是嗎？」東湛控訴地下了結論，「那我現在應該做些什麼？」總得要有人引導他這個陰間小菜鳥該做些什麼吧？

「坐下，等待。」上官申灼依舊省話，彷彿再多說幾個字就會要他的命。

「畢竟我們現在都不是活人，在大太陽底下行動還是有些不便，所以陽世的五點到七點會是最好的出發時刻。」檀解釋。

東湛忽然發現牆上有什麼東西，湊近去看個仔細。牆上掛著一個大時鐘，但盤面上卻不是常見的阿拉伯數字，而是古人慣用的計時單位。現在指針正好指在「申」字上頭，是為申時，換句話說現在是下午三點到五點間。以每兩小時為一時辰這樣的時間推算法，他沒記錯的話，是叫十二地支。

好吧，既然他已經是成熟的大人了，坐下等待約定的時間到來也不是件難事。

於是東湛依言坐下，不過可沒人規定他不能發問啊。

他現在可是有很多問題，例如……

「第三分隊的成員只有你們兩個而已嗎？如果是的話，這間辦公室的座位跟檔案數量也多得太不可思議了吧。」東湛想用旁敲側擊的問題，摸清這裡的運作模式。

「當然不只，還有一對兄弟檔外出巡邏尚未歸隊；我的搭檔剛才在盛怒之餘又破壞了公物，要不是他，門牌也不會搖搖欲墜，然後掉到你的頭上。不過你放心，我搭檔他暫時不會出現在這裡。」

理所當然，回答的人是檀。瞧他說得雲淡風輕的模樣，東湛忍不住懷疑這裡根本沒有正常人。

但多虧了檀的解說，讓他得知了新的情報，就是第三分隊的成員都會有個公事上的搭檔。

「上官申灼的搭檔呢？」東湛好奇地問道。

正所謂好奇心足以殺死一隻貓，現場空氣忽然凝結。檀微微挑高了眉，似乎頗為訝異。

「啥？」

上官申灼抬起頭，平靜地陳述事實，「我不需要搭檔。」

或許是氣氛太過弔詭，又或者是兩人對峙的場面過於奇妙，檀「噗哧」一聲笑了出來，眼角還帶著淚水。

「什麼叫不需要，人家有為什麼你沒有？」出自於自己也不知道的理由，東湛莫名就是想追根究柢。

「沒有的東西就是沒有。」

「可是這樣很奇怪吧？」通常這種戲劇性的對話最後的結果就只有一個，「該不會是你間接害死搭檔之類的吧？」

這樣一想就合理多了，不對，原本就已經死掉的人還能夠再死一次嗎？可是剛剛聽檀的說法，這樣的事在陰間並非全無可能。

「你的想像力也未免太豐富了。」上官申灼冷淡地否決掉這個猜測。

「哈，果然是演戲演多了的緣故吧，這已經是老梗設定了嘛！」東湛沒發現哪裡不對勁，還自賣自誇起來。

「……豐富得令人厭惡。」

嗯？他剛剛是被當眾表明厭惡之情嗎？東湛一整個錯愕不已。

「我……那個……」他一時不知道該說什麼來緩和氣氛。

「換掉吧。」上官申灼卻若無其事地轉移話題，彷彿對東湛「心血來潮」的發言絲毫沒放在心上。

「嗯？」東湛不禁疑惑地出聲。

「衣服。」

「衣服？」東湛蹙起眉頭，低下目光查看自己的衣服怎麼了。

他現在身上的這套白色短掛應該是若輕水鬼時代穿的，年代看上去有些久遠，布料幾乎都溼透了，邊緣處還不斷滴著水珠。這一切皆符合眼下身為水鬼的身分，只是他自己直到剛才都毫無所覺。

意思是叫他換掉衣服嗎？可是，他到哪去生一件替換的衣服啊？

「跟我來吧。」檀決定伸出援手。東湛感激涕零地望著對方，然後隨著他邁出的步伐走進一直很好奇的長廊。

檀進入走廊上的其中一間房。但廊道並未到盡頭，而是繼續往深處延伸，東湛沒有機會見識到另一端有什麼。

「這是你的房間？」

檀沒有回答，直接從衣櫃深處拿出一套現代風格的衣服遞給他，「這裡只有我的身形跟你勉強符合，換上吧。」

其實嚴格來說，檀還比若輕高出一顆頭。

「……」

「怎麼？」

「……沒有更衣室嗎？」

「怕什麼，你有的我會沒有嗎？要是你真放心不下，我可以承諾不會對你出手。」

「……又不是這個問題。」

「那我背對你總可以了吧。」檀沒好氣地提出折衷辦法，說著便轉過身背對他。

東湛趁機趕忙換上檀為他準備的衣服，整個人頓時神清氣爽不少。

他的造型終於變得比較像正常小孩了。雖然他根本就不想待在這副矮小的身軀裡，畢竟連視線高度都跟以往不一樣了。

「阿申本來就沒有搭檔。」檀突然出聲，提起那個讓東湛莫名有些在意的話題。

「本來？」東湛忍不住停下動作，靜下來聽對方說話。

「如我之前跟你說的，每個分隊都是成員兩兩搭檔一同出任務，這樣巡邏期間如果出了什麼事，也好有人照應，不論是出手幫忙或選擇放棄同伴回來通風報信。」

「巡邏期間是能出什麼事……」

「你想知道嗎？」察覺到對方似乎換好衣服，檀回過身，給了他一記高深莫測的眼神。

「我不該打斷你的，請務必繼續說下去。」東湛很沒膽地立刻道歉。

「我們第三分隊始終少一名隊員，上面的人有說會派新人過來，但不是延後就是沒有下文。畢竟要成為正式隊員，需要有過人的實力以及敏銳的判斷力。總之，阿申就一直沒有搭檔。」

「那個像鬼一樣的傢伙也不需要什麼搭檔吧……」

「呵，你說對了一件事。」

「嗯？」他剛剛說了什麼嗎？

「阿申他啊，」檀頓了頓，柔和地笑了，「可是像惡鬼一樣強悍喔！」

不要盯著我說這種話啦！

這已經是東湛不知第幾次渾身一涼了。

めんじゅう　ふくはい

陽奉陰違

第三章

道具租借室

MENJUUFUKUHAI

換上印有可愛動物圖案的上衣和短褲，東湛只覺得自己現在更像小學生了。

他略帶不滿地望向已重返工作崗位的檀，「明明你的衣櫃還有更正常的衣服，為什麼偏偏是這套？而且這個品味也未免太……」

他面有難色低下視線，厭惡地拉扯衣服。這自然不是他平常的穿著風格。

「我見陽世的尋常小孩穿著都是那樣，就買了一套回來。很適合你啊。」檀漫不經心地應道，目光始終黏著面前的公文。

「買來做什麼？」

「偽裝，完美融入陽世，以及應付像你這樣的情況。」

「可是……」

「如果你需要更加引人注目的裝扮，我也可以借給你喔。」檀忽然笑盈盈地說道，眼底卻絲毫不含一絲笑意。

見狀，東湛立即像大難臨頭般跑開，「不用了，謝謝你的好意！」

雖然有些想親眼瞧瞧檀所謂「更加惹人注目」的服飾都是哪種風格，但東湛沒有勇氣問出口。

檀看似與他眼下的外型年齡差不多，但總是有意無意透露出自己不是什麼好惹的角色。

還有，那個討人厭的上官申灼也是。

「咕嚕嚕嚕。」就在這時候，東湛的肚皮猝不及防地發出一陣鼓譟。他下意識地將目光往下探了探，這個警訊再熟悉也不過了，只是他都是靈體狀態了，沒想到竟然還……

餓了。

明明已經不屬於活人範疇，卻依然需要進食或是依循生前的生活模式，又是為什麼呢……

心中的困惑尚未得到解答，東湛的餘光突然掃視到茶几上有什麼東西，眼睛立即一亮——

「食物！」

熱氣蒸騰的白米飯讓人食指大動。這裡竟然有憑空出現的食物，這不是在暗示他什麼吧？

「啊啊，好飽喔。」待東湛回過神來，他的手裡拿著個空碗，而容器裡的飯粒明顯已被清空。

竟然在不知不覺中吃下了來路不明的東西，連東湛自己都覺得不可思議，同時只知肚子填飽的感覺，真好。

上官申灼手邊的工作終於告一段落，他抬眼望了望時鐘的方向，算算也該是時候出發了。他毅然起身，對東湛說了句，「該走……你手裡拿的是什麼？」

他皺眉看著一臉心虛的東湛。

「我肚子餓了嘛……」

「所以你便擅自拿了桌上的食物？」

「對不起，我知道這屬於偷竊行為。雖然聽起來像是在找藉口，但我真的不是故意的。」東湛自知理虧，忙不迭地低頭認錯，一副可憐兮兮的樣子。

上官申灼沒有心軟，應該說他的同理心，早在他死亡的那一刻就不復存在了。不過他也沒有多說什麼，畢竟那不是眼下首要之務。

最後，他只是提醒對方，「你會後悔的。」

東湛愣在原地。剛剛、剛剛那句不就是赤裸裸的威脅嗎？

「走了。」上官申灼也不管東湛的反應，冷漠地扔過來一句。

「你因為觸犯了《陰間律法》第三百十一條毀損公物罪而被逮捕，但念在你身負其他案件，事有輕重緩急，我們先處理比較緊急的事態。」上官申灼以不通人情的冷淡聲調說明。

「這樣說起來，關於毀損公物的那條罪名，我應該也不用受到責罰了？」東湛試探性地詢問。畢竟之後若是成功回到陽世，也用不著接受陰間的審判了，到那時他又會是個有溫熱身軀的活人了呢！

「不，待你陽壽盡了，仍是得回來接受懲罰。」上官申灼不容商量的語氣立即打碎了東湛的天真想法。

「咦？什麼懲罰啊，不會要我到地獄贖罪吧？」

「想要到地獄去？」上官申灼微挑了挑眉。

「我沒那樣說吧！」

「放心吧，要到地獄去可沒那麼簡單。地獄隸屬特別行政區，由不同的單位管理，你犯下的錯將在這裡解決，不用擔心。」

你的表情也未免太讓人放不下心了吧，有問題的是你啊！

上官申灼雖然仍是一貫的面無表情，但可以看出眉宇的凝重，對方是很認真在跟他說明事情的嚴重性。

「所以現在要做什麼呢？」東湛不想繼續糾結在這個問題上，趕緊轉移話題。

「跟我來。」

「我不是一直都這麼做的嗎……」

東湛跟隨著上官申灼的步伐，再度回到陰間刑務警備隊的總局。

這裡依然忙碌，所有人都專注於手邊的工作，無人在乎與他們擦身而過的兩人。

上官申灼穿越層層的辦公室隔間，最後停在了一間小房間門前，門牌上寫著「道具租借室」的字樣。

看來是個像藍色機器貓肚子上的百寶袋那樣，可以任意取用百變道具的地方？

接著，上官申灼伸出手轉動門把。

「哇啊——」推門而入的那一瞬間，東湛不由得怔了怔。

眨眼間，他面前的世界就是全然不同的景象。門後的空間不像外頭的走廊那麼狹窄，反而異常寬敞且明亮。舉目所及之處都堆疊了層層的櫃子，直至挑高的天花板。

有些櫃子像是有什麼禁忌似地被用封條封上，有些則沒有。數不盡的櫃子沿著圓弧狀的空間排列，並依照木牌上的編號分門別類。櫃與櫃之間架有滑軌，方便讓人利用梯子拿取物品。

上官申灼和東湛走過擦拭得閃閃發亮的木質地板，來到櫃檯前。

一聽櫃檯的服務鈴響起，原先還在忙著手頭工作的青年立刻直起身子，揚起有些虛假的笑容，殷勤地招呼兩人。

「怎麼是你！」東湛一看清對方的面貌，不由分說立刻大聲質疑。

「你是不是認錯人了啊？」

神似小孟的青年，不，根本就是本人的小孟看著亂認人的小孩，有些不耐地推了推眼鏡。

沒錯，就是眼鏡。東湛知道的那個小孟臉上什麼都沒戴，而且也沒有近視的跡象。服裝看上去也有相當的差異，前不久認識的那個青年打扮得像個陰間rapper，眼前這位卻是一襲暗紅色調的優雅唐裝。

此人舉手投足也拘謹多了，身上散發出沉穩又不易親近的氣質。

「你認識他嗎？」上官申灼問東湛。

「不就是小孟嗎？孟瀾，我一開始遇到的那個青年！」

「不，這位是孟晗。他也是孟氏一族的人。」上官申灼雖然沒什麼表情，東湛卻感受到自己被嫌棄了。

「沒錯，我是孟晗，別把我跟那個不成材的表哥相提並論。」

「表哥？」

這又是個令人措手不及的八卦。

「有什麼好奇怪的？同為孟氏一族的人自然多少有點親戚關係。這裡由我接手已有百年之久，所有的道具都確實分門別類、仔細管理。說吧，你們想要租借什麼？」

「靈紙兩張。」

「了解。」孟晗彎下身，從櫃檯附近的一格小抽屜取出了兩張畫有奇特符號的紙張，遞給上官申灼。

「來，這是您的靈紙。租借不用還，期限是二十四小時，謝謝惠顧。」他口中說著制式化的臺詞，表情沒有任何歡迎他們再上門光顧的樣子。

咦，等等，現在是什麼情況？

「這裡不是租借室嗎？還可以不用還喔？期限又是？」東湛一股腦地把問題全都丟出來。

「靈紙是有時間限制的道具，屬於消耗物品，可以不用歸還。」回答的人是上官申灼。

「那靈紙的功用又是什麼？」

「它可以讓我們在二十四小時內現形於陽世。」

喔，聽起來挺方便的嘛！

「咦咦咦咦咦?!」東湛後知後覺地叫喊出聲，臉上頓時寫滿了惶恐。

上官申灼與東湛來到出發地的沙漠，整裝待發。上官申灼將靈紙交給東湛，讓他任意貼在身上某處，他不假思索地選擇了手背。

奇妙的是，靈紙一與肌膚接觸，形狀竟產生了變化。外型像是變得像是ＯＫ繃，並且牢固地緊貼手背，如此貼心的設計讓他們更加容易融入人群。

臨行前，上官申灼特地出言告誡——如果不慎弄丟靈紙，將會在瞬間原形畢露，恢復成鬼魂的狀態。除了會因此找不到回去陰間的路之外，還有可能被遊蕩於陽世的餓鬼吞噬。

「餓鬼？那是什麼？」東湛不解。

上官申灼以平板的語調說道，「那是一種惡靈，以吞噬遊魂維生的鬼。」

「遊魂？指的便是現在的我？」

「沒錯，所以你要記得絕對不能讓靈紙離開你的手背。」

「有、有那麼嚴重嗎？」看到上官申灼一副煞有介事的模樣，東湛試圖讓自己冷靜下來。

「靈紙在你身上會起兩個作用，除了讓你以活人的姿態現身陽世，也能掩蓋鬼魂特有的氣味，避免引起不必要的關注。」

「你說的關注，是指那些餓鬼嗎？」東湛仍舊不是很有實感。畢竟這一切都發生得太快，包括自己是如何被迫離魂、靈體改變，又是如何來到陰間……

感覺都是在一瞬間發生的。

「餓鬼很狡猾，它們隱藏於光明與黑暗的縫隙之間，平常在那裡養精蓄銳，等鎖定獵物後才會大肆出動狩獵。餓鬼一般而言都是集體行動，鮮少有落單的情形。」

聽上官申灼說明到這裡，東湛才開始真正不安起來。為了緩和焦躁的心情，他將焦點轉移到離自己最近的物體上。

「呃，你剛剛不是說這東西是通往陽世的唯一管道。」東湛記得約莫十幾分鐘前，他們剛到達這個出發地時對方是這麼說的。

「是的。」

「但這怎麼看都像是……」事到如今，東湛卻遲疑了。

「相信你眼前所見的。」上官申灼冷不防地說出像是偉人名言般的句子。

欸，可是，慢著！

「這怎麼看都像是流動廁所吧？」

眼前的流動廁所一共有三座。要知道，在陰間撞見這個極現代化的東西是有多麼的突兀。雖然這裡也不至於沒有同樣存在於陽世的物品，但在廣闊的沙漠荒土中猛然撞見沙丘上立著流動廁所，這幅畫面還是有些荒謬。

「為了方便往返陽世與陰間，經過上層的協議，這是最好的偽裝。」

上官申灼的回答實在是有點匪夷所思。東湛思考著該怎麼接話，讚美上層的創新點子？

不，他想想還是先吐槽再說。

「你知道陽世有多少座像這樣的流動廁所嗎？」他說的是實話，「萬一活人誤闖進來怎麼辦，難道沒有發生過這種事嗎？」

上官申灼聽罷，只簡單地說，「那不一樣。」

「哪裡不一樣？」東湛瞪著眼，語氣稍微有些咄咄逼人。

只見上官申灼挑了中間那座流動廁所，有禮地敲了門板。依照常識如果裡頭有人的話，對方也同樣會回敲，但這裡是陰間，凡事不能以正常邏輯思考。

門板上有個帶邊框的牌子，原先什麼都沒寫的門牌此刻竟然浮出了黝黑的字體。

目的地？

「陽世。」回答的人正是上官申灼，而東湛已經嚇得不知該做何反應。

廁所像是有自我意識般，透過門牌與上官申灼持續一來一往的對話。

收到。

浮現這行字後，廁所門輕聲地向外開啟。上官申灼斷然抬腳踏進了未知的領域，東湛回過神，沒有猶疑太久也跟著進去，門再度悄然關上。

兩人就這麼擠在一個奇異的小空間裡，而更加驚人的事情在下一秒便向東湛襲來，「唔喔！」

若乘坐電梯是垂直移動的感覺，現在就像是搭乘磁浮列車般，雖然沒有微幅的晃動，但能明顯感受到正在橫向高速移動，這種經驗稱不上好也稱不上是壞。

而上官申灼面對這種移動方式，自然是絲毫不為所動。東湛看著他那到哪都老神在在的姿態，自己這個初來乍到的陰間新鬼魂怎可能比得過。

東湛之所以會毫不猶豫地踏進流動廁所，完全是出於想盡快擺脫這副水鬼外型，重回陽世的懷抱。才在陰間度過短短數小時，他已經斷定自己該死的不會想再回到那裡，起碼短時間不會。

「真的嗎？」心底卻有個聲音悄悄地這樣說。

嗯，是真的。

另一方面，這時的陽世。

「哈啾！」正在棚內拍攝時尚雜誌封面照的一名俊美青年，不顧形象地打了一個大噴嚏，好看的容顏甚至因此出了攝影師的鏡頭範圍外。

「還可以嗎？要不要我們先休息……」

「欸欸，我肚子餓了啦！可以吃飯了嗎？」青年無禮地打斷攝影師的話。這位攝影師可是榮獲國內外各大獎項，是目前業界炙手可熱的大師，沒人敢這樣當面無視他。周圍的工作人員都因此捏了把冷汗。

幸好大師肚量很好，並沒有因此動怒。雖然現在才十點是有些太早了，但他也沒多說什麼，點了點頭，就讓人備好不久前才送到的餐點。

青年見狀又有話要說了。眼前這些餐點雖然看上去都美味可口，但清一色都是低卡路里、低熱量的食物，其中甚至還有他最討厭的生菜，那不是給人吃的，而是牛！

在青年再度發難前，一旁的經紀人趕緊迎上前，試圖緩和他焦躁的情緒，「我的大明星啊，您就不能一口氣好好拍完嗎？從方才到現在您一共中斷了十五次，正常人不會有這麼多狀況的。」

「哼，真抱歉，我不是正常人。」東湛哼了聲。其實他本來想說的是，他甚至不是人呢。

「我不是這個意思啊，全公司上下都知道您不是一般人。正是因為您的特別，我們才能從小公司直接躍升為三大龍頭。」經紀人掏出手帕拚命擦拭額上不斷冒出的汗水。即便身處涼爽的室內，毒辣的陽光似乎無所不在，尤其是他面前的青年渾身上下散發的「毒氣」。

「快點買些好吃的來，你是不是想要餓死我啊！」東湛根本沒理對方的吹捧，頭一撇，趾高氣揚地使喚經紀人跑腿。

「人才不會那麼容易就餓死……」

「你剛剛說什麼？」

苦命的經紀人是個個頭矮小但汗腺異常發達的中年男子，「這是高級飯店特別為您量身訂製的養身餐盒，一個可是要價一千元臺幣啊，不吃的話未免也太浪費了。」

「那是你的問題，我為什麼要委屈自己吃這些草？總之，我現在就要看到比這些還要美味一百倍的食物！」

「您說的美味一百倍的食物是……」說到此處，經紀人已經再度汗如雨下，他萬萬想不到大明星會扔出一個世紀大難題。

「當然是炸雞、雞米花、薯條，還有鹽酥雞跟超大雞排！」東湛理所當然地列出一串萬惡食物。

這些全都是油炸的，熱量加總起來簡直要跌破經紀人的眼鏡了。

「不行！」他反射性地堅決反對。那些食物都不是人吃的，更正，不該是需要維持體態的大明星吃的。

「喔?你知道拒絕我會有什麼後果嗎？」東湛冷冷地將選擇權丟回給他。

「呃……我知道了。」經紀人咬牙答應。他身為藝人的經紀人，有說什麼都不能退讓的堅持，不該為了一個人而破壞自己的原則。若對方不是東湛，他用得著這麼委屈嗎?但事已至此，只能妥協。

該死的，之前就要求一大堆，現在是怎樣?直接晉升為難搞外加沒什麼親和力的大頭症藝人了嗎?經紀人憤慨不已，但也只敢在內心嘀咕，面色有些難看。

「你是不是在想些我應該知道的事情呢？」東湛像是捕捉到什麼，精準地將獵食者的目光放在中年男子身上。

「什、什麼都沒有。」經紀人連忙匆匆地快步離去。

直到經紀人的身影完全消失，東湛才轉回目光。他身上散發出的強烈氣場讓旁人不敢隨意靠近，因此在他周圍幾十公尺內看不到半個活人，連攝影師及一票助理都不見人影。

東湛無趣地「嘖」了聲，習慣性地咬起指甲，這是他感受到壓力時會有的下意識反應。他多少有意識到自己這個壞毛病，但他不在乎。對啊有誰會在乎，他向來都是一個人。

他並不是東湛，他叫若輕。在十歲那年跟著家人到山上露營，卻因為自己貪玩而不慎落水溺斃，就此與這個世界分別、天人永隔。他不怪任何人，一切都是自己的錯，但為時已晚。

他的魂魄就這麼飄蕩在事發地點，一晃眼就過了好多年。其實他也不確定時間過了多久，對他來說漫漫長日的每一秒都像一年，讓人難以忍受。他恨不得立即離開那個鬼地方，可是那裡卻彷彿有著極大的吸引力，他哪裡都去不得，只能等待著什麼人來接替他的位置。

某一天，他忽然感受到了強烈的衝擊，這才想起來，他其實還有個雙胞胎妹妹。人家都說雙胞胎之間有某種神祕感應，霎時間，妹妹死去的畫面一幕幕像定格影片般流進他的腦海。

他的情緒激動了起來，遠方家人的死亡令他悲痛卻又無能為力。他想要復仇，不只是想要，是絕對要報這個仇，這強大的決心讓他得以以現在的姿態出現在這裡。

時隔二十年，很多人事物有明顯的變化，二十年的空白讓他對這個世界相對地陌生。也因為他的記憶跟認知都停留在十歲的年紀，導致待人處事無法做到像個成熟大人般應對自如。

反正不是他的身體，之後的禍事自然也不會算在他頭上。

畢竟他可是只有十歲的若輕，而大家眼裡見到的會是那個偶像明星東湛。

以前若輕還是遊魂時，儘管他什麼都不懂，從未思索過如何擺脫喪命之地對他施加的束縛，卻意外從另一個也是在這座山裡死亡的遊魂口中得知「換魂」一事。只不過那個遊魂跟若輕不同，是自願在這片偏僻的山林中了結自己的性命。

根據傳聞，只要湊齊了陰時、陰地、陰人三者，就能達成換魂的條件。前面兩個他可以想想辦法，最困難的是在人的部分。這種死過人的深山哪會有人來呢，即便是登山客也不會經過此處。

為此若輕苦惱了好幾年。就當他認為自己會永遠困在這裡時，那個男人出現了，連同電影劇組的工作人員出現在了這裡。

盼了好久，終於讓他等到大好機會，而且每二十年一次的陰時恰好就在那一日。

冥冥之中似乎早就註定好了。

「我的大明星，您要的都買回來了。這次可別再嫌棄了啊，吃完就要認真工作。」苦命的經紀人再度出現已是十分鐘後的事了。這回他懷裡抱滿看起來熱量破表的油炸類食物，臉上浮現討好的笑容，遞至霸占東湛身體的若輕眼前。

若輕頓時眼睛一亮，口水都快要滴下來了，「幫我拿去休息室。我要在那裡吃，任何人都不要來打擾。」

「那我……」

「包括你。」若輕冷冷地補上一句。但為了讓經紀人心甘情願地替自己做事，他又說了，「我吃完會好好工作，前提是我不喜歡吃東西的時候被人打擾。」

「喔，是可以啦……」經紀人對於東湛一直有種說不上來的古怪感覺。從幾天前開始他就像變了個人似的，說話常不經大腦，舉手投足間總是透露出孩子般的稚氣。原本以為東湛是忽然想轉變形象，但照這樣子看來……

不會是在暗示對他這個經紀人的不滿，想要藉此叫他走路吧！

「我、我會好好幹的！」經紀人顯然會錯意，把食物跟東湛本人送進專屬休息室後，就乖乖退了出去。

「……這傢伙是怎麼搞的？算了，有二十年沒吃到這些了，誰都不許跟我搶，啊哈哈！」

經紀人前腳才剛離開，若輕隨即抓起油膩的食物，毫無形象地狼吞虎嚥，拚命塞進口中。進食過程中，他偶然瞥見鏡子中的倒影，一時看得有些出神了。

若輕望著鏡子裡的臉——翡翠般的青綠雙眼，奢華濃烈的酒紅短髮，還有白皙的皮膚配上精緻的五官，他不由得喃喃自語起來。

「這個大哥還長得真好看。不過好看有什麼用，死了還不是一樣會被人遺忘。在喪禮上大家說得再好聽，過了二十年又有誰還會記得我？答案是沒有半個人。」

在若輕死後頭幾年，家人還會到他出事的地點悼念。但看著那些人，他也不過是再一次理解自己已永遠離開他們的事實。

無論說得再怎麼好聽，從他死亡的那一刻起，就已經切斷了與陽世親人的羈絆。若輕自此孤單一人，歲月流逝的速度緩慢得令人痛苦、又快得令人措手不及……原本該是如此。

但自從那天後，一切都改變了。

他感受到無以名狀的哀慟，然後是血脈相連的另一個生命的消逝。

他已經一無所有了，結果連他在陽世中的最後連結都要被人奪走嗎？為此他立下決心，復仇成為他最大的動力。

犯人的長相至此還深深地烙印在他腦海裡，他不可能忘記那個女人的臉。

「扣、扣。」

經紀人規律地敲著休息室的門，提醒著休息時間結束了，應該立即回到工作崗位。

思緒一下子被拉回現實，若輕還不習慣現在的身體所背負的責任，也不習慣被眾人簇擁。鎂光燈下的自己和眾人的目光讓他無所適從，但為了自己的目標，他不可能輕易放掉這個得來不易的機會。

若輕匆匆應了一聲，吞下最後幾口炸物，他慌忙拿過一本放在桌上的雜誌，胡亂抹著油膩的雙手。視線無意間掃過了幾個頁面，沒想到照片中的人影讓他停下了動作。

若輕睜大了眼，不會錯的，就是這個人，「沒想到竟會在這裡找到她，不可原諒！」

他丟下手中的娛樂雜誌，步出休息室時整個人都不一樣了。尤其是他的眼神，覆蓋在上頭的懶散已然褪去，取而代之的是復仇的火焰。

孤零零被扔在休息室一角的雜誌上頭，以惹人注目的斗大字體寫著——清純國民偶像美緒初次登上大銀幕！演技廣受好評，人氣扶搖直上！

東湛和上官申灼經過連接陰間與陽世的通道，來到了現世。打開門一看，他們出現在市區的公園。擺放流動廁所的角落正好人煙稀少，也不會有人注意到狹窄的廁所空間是如何擠得下兩人的。

出來後，上官申灼熟練地敲了敲門板，隨即有個球狀的物體飄了出來，他謹慎地將其收好。

「這就是魂玉對不對？」

「是。」

照上官申灼的說法，魂玉裡寄宿著魂魄，這就是流動廁所之所以有自我意識的原因。流動廁所一旦沒了魂玉，就只是普通的公共設施，要回去時再找別座裝入魂玉即可，也不用擔心會有活人不慎跑進去被傳送到陰間。

「你知道我們現在該去哪裡嗎？」

「問我？我還要你來告訴我呢。」

「我以為我們談論的是同一件事。」對於東湛有些置身事外的悠哉態度，上官申灼並不滿意。

他們已經離開公園，來到了車水馬龍的市區街道。不知道是不是錯覺，東湛回到熟悉的陽世後整個人放鬆了不少。

「是同一件事啊。」這點東湛也認同。

「那你應該會知道現在的『你』在哪裡。」

「嗯這個嘛……」的確，現在首要之務是找到自己被若輕占據的身體。

東湛認真思考起往日的作息，現在這個時候，自己通常會在哪裡做些什麼。沒意外的話會是在工作吧，不過行程表通常是經紀人負責的，「啊！」

東湛眼神一亮，似乎是想到了什麼，突然興奮地叫出聲，同時衝了出去。

上官申灼雖然有些困惑，但還是跟了上去。東湛腳步有些急促地領在前頭，不時東張西望，隨後似乎發現尋覓已久的目標，小跑步了起來。他左轉進入了一家店面，自動門滑開時還能聽到店員的招呼聲。

迎面撲來的香氣讓上官申灼皺起了眉頭。他看了看周圍的環境——開放式空間在巧手布置下營造出了溫馨的氛圍，客人悠閒地選取著托盤上蓬鬆可口的麵包。毫無疑問，這是一家散發著高級感的烘焙房。

難道他要找的人在這裡？上官申灼的內心才冒出疑問，就看到東湛與高采烈地跑上前。

「我最喜歡吃這家的特製吐司了，標榜低卡路里、鬆軟好入口。」東湛一臉陶醉地捧著頰，仔細回顧記憶中的好味道，卻慘遭上官申灼無視。

「如果你的身體不在這裡的話，我們就沒有繼續逗留的理由。」

「買給我好不好？」東湛厚臉皮地提出要求。

「我為什麼要……」

東湛已經選了幾項商品，理所當然似地拿到結帳櫃檯。他轉過頭，以渴求的希冀眼神望著上官申灼。

這是什麼意思上官申灼自然清楚，只見他心不甘情不願地來到櫃檯旁，口中喃喃著，「只有這一次，下不為例。」

然而，事實證明之後由他付錢的次數只會增加。

上官申灼從上衣口袋掏出一張黑卡結帳。這張卡是為了公務申請的，當然所有支出都得呈報核銷，因為每一筆都是公款。

東湛心滿意足地笑了，嘴角不禁浮現得逞的弧度。

結帳時店員小姐不明就理地看著兩人的臉色，然後腦內自動替兩人的關係畫上了某種意義的等號。

「小弟弟，你哥哥對你可真好，要好好珍惜那麼棒的家人喔！」

上官申灼接過店員遞還的信用卡，頓了下，不置可否地「哼」了聲。

趁對方不注意時，東湛攀著櫃檯，小小聲地跟店員小姐講起悄悄話。

「姐姐，為什麼你覺得我們是兄弟，不是父子呢？」以兩人的年齡差距，被認為是父子也無可厚非吧，即便上官申灼看上去絕對比實際年齡還要更加年輕。

店員小姐笑了下，「因為，天底下沒有哪個父親看兒子的目光會如此冷淡。但也不是說毫無溫度，而有種嫌棄的感覺，所以我才這樣猜測的。我有說對嗎？」

都被店員小姐說中了，現在旋繞在上官申灼周身的氣場差不多就是這樣。

東湛笑了一下，拿起裝著麵包的提袋，聳了聳肩。在上官申灼目光暫時離開自己身上的幾秒，很快地輕聲又說了句，「其實他是我爸。」

然後在店員小姐錯愕得差點沒通報社福單位之前，迅速拉著男人離開現場。

「咦咦咦咦咦——」

身後還能聽到來自店員小姐驚疑不定的呼聲。

「你剛剛跟店員說了什麼？」上官申灼一臉莫名其妙。

「喔，沒什麼重要的。」東湛滿嘴含糊地應道。他已經開吃了，兩頰被麵包塞得鼓鼓的。

「……」上官申灼才沒那麼好蒙騙，他一記冷眼撇了過去。

絕世美顏東湛疑患大頭症？演藝事業走下坡！

偶像東湛禍從口出得罪廠商?!慘遭封殺！

NG頻頻！知名大導放話不再跟東湛合作！

「誰能告訴我這不是真的……」經紀人在休息室裡大聲念出各家網路新聞的熱門條目。一大早就被各家媒體圍剿，他簡直不知該如何是好。

「新聞寫的又不是真的，隨記者怎麼編。」若輕好整以暇地望著鏡中自己出眾的外表。今天他將參與一場盛大的音樂祭，此刻全身上下在造型師的巧手打造後更是奪目耀人。

以他的高人氣，自然非壓軸莫屬。或許東湛有一副天生的好歌喉，可是他若輕根本沒有一點音樂細胞。

「重點就在這裡！」經紀人鏗鏘有力地控訴著，語帶哭腔，「以我們的立場，媒體報導何時沒有一條不是假的啊！你倒是說說看，好歹說點什麼吧！」

「這不是該由經紀人負責的事嗎？」若輕決定冷眼以待。說真的，這身體主人的形象被他搞到多臭都無所謂，他只要能達成目的就好了。

經紀人崩潰地癱坐在地，「一般情況下會開個澄清記者會，然後反告那些媒體報導不實，運氣好的話還能撈到一筆可觀的賠償金。」

「你終於說出真心話了。」大人就是這樣。唯利是圖，一身銅臭味，真是可悲，「那不然，開個道歉記者會不就行了？」

「當然不行，你頭殼壞掉了啊！」經紀人一時口不擇言地破口大罵。他完全忘記了自己的身分，冒著被開除的風險也要說，「要是開道歉記者會的話，不就等於承認你真的做過那些事嗎？」

「那又如何？」犯錯就道歉，有什麼不對嗎？若輕真心不能理解。

「偶像最重要的是形象。等到形象都被破壞殆盡，你就準備在演藝圈自我毀滅吧！」

「有那麼嚴重？」若輕才沒那麼容易被嚇倒。

「那是因為你不知道有多少人在等著看你的笑話，就算是本來不討厭你的人，也會趁機過來補上一腳。人性就是如此，這下知道事情的嚴重性了吧！」

「哼！」若輕不置可否地撇過頭去。這些本來就不該是他該煩惱的事，而是東湛自己的麻煩。

所以與他無關，自然可以撇得一乾二淨。

「差不多快要輪到東湛先生了，請先準備。」恰巧這時候，工作人員推開東湛專屬休息室的門，拿著流程表前來通知。

現在在舞臺上賣力表演的，正是若輕復仇目標的女星美緒。在輪到東湛前還有另外一位歌手會先登臺。

經紀人對媒體殺人見血的報導依然焦躁地像熱鍋上的螞蟻，忙著聯絡能夠幫忙處理這次公關危機的有力人士，一刻都沒辦法閒下來。

「所以說，就買個業配新聞版面，說說我們家東湛的好話嘛。」他看也沒看東湛半眼，逕自在角落打著電話。

即便若輕沒把自己當成東湛，做做樣子仍是必須的，於是他依照工作人員的指示在後臺暖身。

「讓我們掌聲謝謝美緒的精彩演出。」後臺已經有下一位上臺的歌手在等待，待美緒的表演結束後，隨即邁開步伐走上臺。

美緒緩慢步下了舞臺的階梯，由於穿著跟鞋，她走得極為小心翼翼。

「呀——」

意外就在下到最後幾級臺階時發生了，她不慎拐到腳踝，眼看就要在眾目睽睽之下摔落階梯。突然有個男人比工作人員還要更快搭住她的腰，溫柔地扶起對方嬌小的身軀，輕輕放到平地上。

命運的紅線彷彿在此刻悄悄地為彼此搭上了。

「咦？」美緒的臉蛋已然嬌紅得像顆蘋果，半晌都無法作聲。

若輕用東湛俊俏的容貌仔細地端詳對方羞澀的神情，嘴角順勢勾起了迷人的弧度。

「這位可愛的女孩，妳沒事吧？」終於還是讓他找到了，這個即將成為他獵物的女人。

「你看……」「你們看……」雙方目前都是演藝圈炙手可熱的偶像，還有著極為出眾的外表，不想惹人注目都難。如畫一般的場面再配上令人臉紅心跳的曖昧互動，自然會讓人聯想到些什麼。

此時圍觀的工作人員中，有人偷偷拿起手機拍下這一幕。

「啊哈！賺到了。」此人正是某報章媒體跑娛樂線的記者，平常的工作內容就是四處搜括這些名人的八卦，越聳動越好。

擁有超高人氣及一票死忠粉絲的兩名偶像，要是雙方熱戀的消息一出，必定占據各大媒體的娛樂新聞頭條，作為記者怎麼可能會放過讓自己聲名大噪的機會呢？而且他可是拿到第一手消息的情報源頭，某方面而言，這的的確確是歷史性的一刻。

めんじゅうふくはい

陽奉陰違

第四章　廢墟探險

MENJUUFUKUHAI

鍵盤上有雙小小的手快速舞動著，敲打按鍵發出的聲響不曾間斷。同時那雙大大的紅色眼睛直盯著搜索引擎上跑出的資訊頁，移動滑鼠迅速地點進了某個個人網站，不過這個私人架設的網站上了鎖，需要密碼才能一窺究竟。

「這還不簡單。」小男孩見狀也沒猶疑太久，熟練地打入了六個數字，下一秒該網站便一覽無遺呈現在他面前。

這是某個私生飯為了追星架設的網站，而對方追隨的那顆星便是東湛本人。東湛其實對此人有點感冒，他的私生活相當光明磊落，不怕給人挖掘出什麼，但這名粉絲的偏激程度堪比恐怖分子。而且不知為何這個人總能弄到他的工作行程表，讓人不堪其擾。

沒想到，瘋狂私生飯的追星紀錄竟然會有派上用場的一天。

那為什麼他會知道密碼呢？凡有那麼點常識的人，都能猜出密碼想必是某個人的生日。

而身為當事人的東湛豈有不知道的道理，他可是被騷擾了整整五年啊！

「怎麼了，有查到什麼嗎？」上官申灼問。因為東湛的臉幾乎要整個黏上螢幕了，他什麼都看不到。

「這個網站的架設者是我的私生飯。但奇怪的是，她從幾天前就沒有更新了。這不像她之前的作風啊，畢竟要說對方擁有最多的，大概只剩錢跟時間了。」

想起這人先前的所作所為，東湛多少仍有些心理不平衡。不然他要怎麼解釋為什麼會有人老是神出鬼沒埋伏在自己身邊，不是閒得發慌是什麼。

上官申灼愣了愣，「什麼是私生飯？」

「所謂的私生飯，指的是喜歡窺探藝人私生活的粉絲，也可以視為是一種心理變態！」

「聽起來你似乎有諸多不滿？」

「雖然我每天都過著華麗的生活，但偶爾也會有不華麗的時刻。而且對方竟然把偷拍的相片集結成冊放在網上販賣，這是侵犯隱私權和肖像權啊！」

兩人在網咖裡一來一往的對話，全都被鄰座的男子給一字不漏地聽見了。內容不但牽涉到某個人的隱私，走向還越發撲朔迷離，讓男子忍不住將大半精神都專注在他們上頭。

「所以說，」沉默半晌後，上官申灼只得出這個結論，「對方還挺喜歡你的。」

——你是從哪裡得出這樣的結論啊！東湛和鄰座的男子不約而同在內心猛力吐槽。

「這根本是惡意，只有滿滿的惡意。照你們的說法，這傢伙鐵定不會進入善的輪迴！」東湛脫口而出。

「所以上面寫了些什麼？」上官申灼將話題帶回正軌。

「啊，」東湛一時氣急攻心，差點忘記本來的目的，「上面有說今日『我』會在一個森林遊樂區拍攝保養品廣告。時間差不多是在一小時後，如果現在趕過去的話勉強來得及吧。」

「既然已經知道目的地的話，可以離開我的腿上了吧？」上官申灼冷眼看向從方才就一直坐在他大腿上的男孩。也是因此他才會看不見眼前的螢幕，需要對方轉述。

「有什麼辦法嘛，我這個身體辦不到很多事情啊。而且網咖的椅子跟桌子又特別高，我也不想這樣好嗎。」東湛手腳並用地起身，同時忍不住嘟囔。

上官申灼不知道該回應什麼，只好默默看著對方動作。

沒想到當雙腳落在地面上時，東湛一個沒踩穩往前撲去。他情急下伸出手撐住桌子，才鬆了口氣要直起身，突然瞥見一張紙在眼前飛落下來……那不是靈紙嗎！

東湛當下並沒有感受到任何異狀，但鄰座的男子看得可清楚了——一個男孩活生生從有到無，憑空消失在他眼前。

前後甚至用不上一秒的時間。

「見鬼啦！」男子頓時驚愕得下巴都要掉下來了。他愣愣地望著男孩消失的地方，整個人在座位上渾身僵直。

「糟糕！」上官申灼迅速做出反應，撿起地上的靈紙重新貼回男孩手背上，接著抱起後者夾在腋下，在幾秒內風風火火離開現場。全部過程不超過十秒，簡直是像風一般存在的男人。

然而被留下的路人可就沒那麼好過了，尤其是在目睹男孩又一次憑空現身後，男子整個人都嚇呆了。

男人默默地關掉剛剛還打得火熱的遊戲視窗，口中不斷喃喃，「今天還是不要熬夜通宵打遊戲了，看看，都出現了幻覺。回去好好睡個覺吧，夢裡面什麼都有，希望能有個人告訴我剛才這一切都是憑空想像的。」

一小時後。

「謝謝搭乘，總共是三千元。」靠著上官申灼雄厚的「財力」，他們攔了一輛計程車，火速趕往拍攝地點。

既然所有的開銷都是報公帳的，何不趁此用到淋漓盡致。事到如今，東湛才總算感受到對方是如假包換陰間公務員的事實。

不然撇除出眾的臉蛋、高挑有如模特兒的身材，他那嚇人的氣場只會讓人感覺是來自陰間的殺手。

此時，東湛的腦海忽然閃現檀曾經對他說過的話。

阿申他啊，可是像惡鬼一樣強悍喔！

眼前的男人之所以被比喻成惡鬼，肯定有什麼過人的長處……

東湛不可思議的目光停留在上官申灼身上的時間，遠比自己想像還要來得久。

直到聽見對方嘆了口氣。

東湛愣了愣。原本以為上官申灼是對自己嘆氣，之後才聽到伴隨而來的下一句話。

「人走了。」

他們來到了某處知名的森林遊樂區。舉目所見是一片生機勃勃的茂密樹林，林中點綴著幾許鮮豔的紅，可以窺見秋天的腳步逐漸逼近，不難想像樹葉全變紅時會是多麼美麗的一幅畫面。

在林道的邊緣還特別開闢了露營區，有不少人在那紮營。周圍也有三三兩兩的遊客沿著步道健行，就是不見「他」的身影。

「或許只是行程耽誤了，有時候出現這種情況也不奇怪，我們再等等。」東湛不打算輕易死心。

上官申灼聽了也沒多說什麼，耐心地在旁一同等候。

結果三十分鐘的時間一溜煙過去了，依然不見人影。

上官申灼終於出聲了，「現在的活人都那麼不守時嗎？」

三十分鐘其實不算什麼，真的。他以前甚至目睹過某個有大頭症的藝人在節目開錄前，足足讓現場工作人員和前輩藝人等了兩小時，原因還是睡過頭。

真正讓他覺得未免有些古怪的地方是，有一個人遲到就算了，但現場怎麼可能連半個工作人員都沒有呢？

畢竟，為了拍攝廣告，事前不只要勘察場地，還要做足各方面的布置與準備。

這、這顯然很不對勁啊！

「我也不知道『我』是怎麼回事……」東湛頓時沮喪不已。

「既然人不在這裡，我們只能另尋他法。」上官申灼實事求是地提出建議，但在東湛聽來卻是指責他情報有誤，辦事不牢靠。

東湛實在不知道該回些什麼才好。

就在這時，前方走來一群女性遊客，她們正在大聲議論著，口氣聽來可以說是憤怒至極。而且音量之大，還在遠處的上官申灼跟東湛兩人也能聽得一清二楚。

「竟然臨時取消了，搞什麼啊！」

「為了這次探班，我可是向公司請假來的，沒想到什麼都沒看到！」

「我也沒有比妳好啊，我可是提前一天來的，住宿費和車錢都白花了耶！」

「更過分的是，人都來了才臨時發通知，說東湛大人吃壞肚子要取消拍攝。我們粉絲後援會還是最後才被通知的，妳們說氣不氣人啊！」

「大家別生氣，我剛剛得到了一個小道消息。」

「什麼？快說！」她們立即全神貫注地聆聽其中一名後援會成員的發言。

那個女生也沒讓同伴失望，很快地丟出一個讓全場有些振奮的消息，「東湛大人晚上會參加一個目前人氣最高的網路直播節目，就是那個專拍廢墟探險的頻道！」

「真的假的，那個超恐怖的耶！」

「你有聽到嗎？」上官申灼認真地望向東湛。

東湛先是點點頭，隨後又快速地搖起頭，表情帶有殺氣，「偶像是不能會吃壞肚子的！」

「你在說什……」

「就跟女偶像的排泄物都是粉紅泡泡一樣，男偶像是不可能會拉肚子的。」

嗯，正確答案。

原來至始自終東湛的注意力都在這上頭，完全放錯重點。

上官申灼偏過頭想了一下，決定告訴對方實情，「那已經不能稱之為人了吧。」

「不管啦！反正偶像不能做出那樣的事，這一點都不符合我的形象，我拒絕！」東湛現在就像是個要不到糖吃的孩子，使勁地無理取鬧。

「不就只是吃壞肚子？」上官申灼還是不懂這有什麼好大驚小怪的。

「不！」東湛持續崩潰，「你居然說出來了……」

上官申灼決定放棄與此人溝通，將目標轉移至不遠處仍在瘋狂討論東湛的女粉絲身上。

「請問，方便多透露一些關於東湛的事嗎？」

「你誰啊？知不知道這些情報都是我用錢買來的，怎麼可能……」女生們不滿談話被打斷，但轉過頭看到上官申灼的瞬間，立刻光速轉換態度，一票同伴全都眼冒愛心。

「我對東湛很感興趣，」上官申灼繼續說下去，「如果能夠得知他下一個行程地點的話，我會很感謝妳們的。」

這個時候笑就對了，微笑是活人最常使用的一種社交手段。

殊不知，上官申灼的淺笑直擊在場所有女性的心窩，讓人腦袋出現了短暫的空白。在那一瞬間，她們眼中看到的是——

男神降臨。

「我們什麼都願意告訴你，包括我們每個人的基本資料、理想對象的條件……」

「喔，那倒不必。」

上官申灼在陽世時曾在一本社交禮儀守則上看過。

身為一個成熟的大人，適時地婉拒對方才不會顯得失禮喔。

「確定東湛今晚真的會出現在這裡嗎？」

「根據可靠的情報指出，東湛大人晚上會參與直播節目，絕對不會有錯！」女粉絲信誓旦旦地說，迷戀的目光不曾離開上官申灼。

「所謂可靠的情報來源是？下午的廣告拍攝還不是照樣撲空。」東湛提出質疑，表情有些不高興。

女粉絲看了一眼一旁的東湛，完全沒發現眼前的小男孩就是自己心心念念的大明星本人。只見她很快又把目光轉回上官申灼身上，一再出言保證，「這一次不會有錯。你看，那邊停著的是東湛大人的保母車，等節目正式開拍就能夠看到東湛大人美麗的身影了！」

話是這麼說，但在場的粉絲們比起還沒露臉的東湛，明顯都對上官申灼更加感興趣。

「總之，謝謝妳們的情報，幫了我很大的忙。」上官申灼極力保持彬彬有禮的樣子，但因為平常沒有笑的情緒，嘴角不自覺地開始抽搐了。

「……哥哥真的不打算出道成為藝人嗎，我們都覺得你很有潛力耶。」一陣醞釀過後，粉絲們終於說出藏在內心已久的心聲。

「不好意思，我對那種事不感興趣。而且我現在有其他事，先失陪了。」上官申灼朝她們淺笑了一下，立即轉過身跟東湛走到角落。

遠離人群後，他才瞬間便恢復冷冰冰的模樣，冷眼觀察現場的動靜。遠遠還能聽到那群女生為了再也看不到難得的美男，而發出惋惜的躁動聲。

這就讓東湛有些吃味了，他不爽地開嗆，「不要對我的粉絲出手。」

「我沒有。」

「你有！你跟她們說話就是另一種模樣，跟我講話就是這副死人樣。」前後轉換的速度簡直不像人。

「不這樣做的話，就得不到想要的情報，你也可以嘗試。」上官申灼認真建議道。

「……什麼意思？」這實在不像對方會說的話，以至於東湛一臉不可思議地看著他。

「只要微笑，人們似乎就沒有拒絕我的理由。我想，陽世的人都喜歡那樣說話的人吧。」

雖然從上官申灼的表情讀不出什麼情緒，但不難聽出言語間夾雜著一絲得意。

不，這位先生你是不是誤會了什麼？完完全全就只是因為你有一副好皮囊而已，跟說話方式完全沒有任何關聯啊！

要不要試試看，你就算說了什麼該被報警處理的話，也沒有人會質疑！

「你是不是在炫耀啊，告訴你，老子可不吃這一套！」何況他長得也不差，只要奪回本來的身體的話，他才不信會被比下去。

話說出口，東湛才發覺這有種賭氣的意味。可惡，他才沒有那麼幼稚！

「你心情不好？」

「是啊，我的心情極度惡劣。粉絲都要被搶走了，我還能坐以待斃嗎！更重要的是，她們的東湛大人就在面前，竟然沒半個人認得出我，虧我平時給了她們不少福利！」

「需要安慰嗎？」

東湛一愣，隨即嫌棄地大聲拒絕，「拜託不要，你敢這麼做的話，小心我扁人喔！」而且用那副死人樣說這種話，根本不像要安慰人，反而會給對方不小的壓力吧？

「同樣的話我不想重複。」

「嗯？」這傢伙是在說什麼。

「你打不過我。」

東湛已經夠不爽了，對方此舉更是提油救火。唯獨上官申灼本人毫無自覺，口吻平穩的像只是在陳述事實。

而事實也確實如此。就因為是事實，才會讓人更加不爽。

就算這傢伙已經是死人，真想讓他嘗嘗再次死亡的滋味啊……

東湛此刻的念頭越發邪惡了。

隨著圍觀人潮越聚越多，不少附近的居民耳聞會有大明星登場，都跑來湊熱鬧。「各位外頭的朋友們，請留心腳步不要推擠。」節目製作團隊已經準備就緒了，現場開始有人在維持秩序。明明是聚集在一棟廢棄的醫院大樓前，卻絲毫感受不到一絲詭異的氣氛，還多了不少人氣。

「歡迎收看今晚《廢墟驚驚魂》的直播，今天有一位超重量級的嘉賓來到了我們的現場。趕快讓我們歡迎——東湛先生！」主持人以一貫的熟悉開場白為節目揭開序幕，很快地就歡迎眾所期待的特別嘉賓出場。

「呀——呀——呀——」

偶像東湛就在粉絲的歡呼聲中，從停在一旁的保母車亮相，眉宇間還夾雜著得意。親眼看到自己出現在眼前，東湛有種說不出的怪異感覺。

現在只有他與上官申灼知道東湛那具身體的真實面目，偶像不過是個偽裝，內在的真實身分是水鬼若輕。

不過有句老實話，東湛還是必須要說。

「不管看幾次，我還真帥啊。」他還順勢給了身旁的人一記「看我就說吧」的眼神。

「……」上官申灼沒有回話，但他罕見地直直盯著東湛陽世的身體，眼裡好似閃過許多複雜的情緒。

東湛只出現了一下，很快就隨著工作人員進入大樓深處探險。誰也不知道等他們出來要花上多久時間，有人只是來看大明星幾眼的，也有人只是單純無聊湊個熱鬧，現場的群眾逐漸散去，只剩下粉絲後援會的成員。

東湛還在生氣，不想與某人有過多的互動。但是上官申灼可管不了那麼多，眼下就是最好的時機。

「我們該離開了。」話聲甫落，上官申灼手一伸便將東湛整個拎了起來，趁沒有人注意時帶往大樓的側面。

那裡有道被鍊條拴上了的門，上官申灼扯斷掛在脖子上的別緻項鍊，飾品在瞬間幻化成了一把有幾十公分長的長刃，上頭刻有繁複的中式花紋。

上官申灼舉起刀，輕輕鬆鬆就將鍊條斬斷。

東湛訝異地挑起眉。雖然之前就聽過上官申灼很強，但實際見識到又是另一回事，他能感受得到對方的實力遠不只如此。

「進去吧。」

「嗯，好……」東湛探頭望了望滿屋的黑暗，不由得往後縮起身子。詭異的氣氛似乎隨著開啟的門扉蔓延而出，一瞬間似乎還看到了什麼一閃而過，希望只是他的錯覺。

上官申灼看東湛很緊張的樣子，決定打頭陣邁入門內，讓男孩殿後。

「你不需要害怕，因為你已經是鬼了。」還以為對方想說什麼呢，這種事根本不需要特地再提醒他一次吧。

「很快就不是了。還有，我們只要把那個『我』逮住就好了嗎？其他人要怎麼辦？還有萬一我們失手怎麼辦？」

「我們？」

「對啊，我們。你不是答應會幫我？」

「這事只能靠你自己完成。」

「……你之前可不是這樣說的。」

「人的身上有三把火，這個說法你聽過吧。」

「嗯……」東湛不確定上官申灼想說什麼，只好應了聲。

「那三把火的正確位置，分別是在額頭與左右兩肩。只要其中一把火熄掉，陽氣就會在瞬間變得微弱，你可以趁機進入原本的身體，強制將靈魂換回。」

「喔，我明白了……咦咦咦！你是要我去把『我』肩膀上的其中一把火拍掉？」東湛簡直不敢相信耳朵聽見的，一時沒控制住音量，脫口而出了才趕緊摀住嘴。

「太大聲了。」上官申灼白了對方一眼。

「對不起。」東湛自知理虧，只好乖乖道歉。

「總之到時候就見機行事。切記，不要被人發現了，要挑對方落單的時候。最後一件事……」

「什麼事？」

「無論如何，都絕對不能再把靈紙弄掉，尤其是在這裡。」

「這裡……」東湛小心翼翼地探看男人的嚴肅表情。

「噓，有人來了。」上官申灼壓低音量，示意他噤聲。

這裡雖然廢棄了一段時間，但大樓裡並非空無一物。有些醫療器材還保留在原地，每進入到一個空間，甚至可以大致猜出該處曾經作為病房或是診療間使用。也多虧如此，有不少死角可以隱匿藏身。

奇怪的是，他們明明身處黑暗，視力卻沒有受到影響，這大概是身為鬼唯一的好處吧。

人聲與腳步聲越來越接近。

「所以東湛先生有撞鬼的經驗嗎？」

「哈哈，這可不好說。」

冒牌東湛與主持人為了炒熱場子，不停熱絡地拋出各種有趣的話題。

「說到這個，我以前有一次……」

還有其他人氣不如東湛的小牌藝人也在其中，他們很懂得搶鏡頭，會適時提出新鮮的點子或是分享親身經歷的恐怖故事。

這是直播節目，線上觀看的人數此時已逼近上萬了。人是獵奇的動物，觀眾迫不急待地想看這次的探險又會有什麼驚人的事發生，越嚇人越好。

為了確保藝人的安全，也為了增加畫面的驚悚感，工作人員事先在這間廢棄醫院各處都貼上了從大廟求來的符紙。符紙主要功能是驅邪避凶，據說相當靈驗，畢竟萬一真的有人沾染上什麼不淨的東西可就糟糕了。

但所有人都忽略了一個顯而易見的事實，有時候好奇心不會單純到只會殺死一隻貓……

「不如我們分組吧？」不知道哪個人提議分頭行動，各自在指定的地點自拍完成任務，再回到最初的集合地點去。

大伙很快便一致同意了。

「但攝影機只有一臺，就輪流吧。」經過商量後決定先跟拍第一個出發的人，然後再按照之後的出發順序拍攝，直播到那時候差不多也該結束了。

第一組人跟著攝影機出發了，其他人照著節目流程在原地等待。聽著前方的人聲逐漸遠去，四周再度回歸靜謐的黑暗。

因為得營造出真實探險的詭譎氣氛，製作單位只發給每個人一隻迷你手電筒，還是亮度不高的那種。

「這裡有不好的東西！我的八字很輕，所以很敏感。」

這時似乎有有個通告女星感應到了什麼，拚命跟身邊的人說明，以緩和自己緊張不安的情緒。但現在的東湛能夠看得出，她身邊根本什麼都沒有，不過是自己嚇自己罷了。這種人通常是精神上孱弱了些，只要一有風吹草動就會覺得是靈異事件。

若輕一臉百無聊賴地把玩著手中的自拍棒。他原先不知道這工具的使用方法，摸了幾遍才大致熟練操作，畢竟這玩意在二十年前根本不存在。

他忽然做出一個驚人的決定。

「我要出發了。」

「咦？可是先出發的人還沒有回來，再等一下會比較好。」立即有人表示不贊同。

「反正只要在指定的地方拍照就可以了吧？這樣下去，直播不知要什麼時候才會結束。我的時間可是很寶貴的，不服氣就去跟我的經紀人說啊！」

「可是……」對方還想回嘴，卻一陣語塞。

礙於東湛的知名度與人氣光環，剩下的人怎樣都不敢得罪他，最終只能看著他逕自出發。

「你說話的方式一直都是這樣嗎？」和東湛一起躲在暗處的上官申灼問道。

「那個才不是我……」東湛才不會承認自己有像若輕那樣無禮。等等，他以前的態度真的是那樣嗎？好像有，又好像沒有……

算了，不管了啦！反正這都不是眼下他該擔心的事情。

「還有，你要記得……」上官申灼話才說到一半，就被某個鈴鐺般的清脆聲音打斷。那是陰間與陽間通用的通話器，陰間刑務警備隊成員會用它跟伙伴聯絡。通話器的造型是一面八卦小銅鏡，可以即時顯示出另一端的影像。

他一接起，鏡面立刻浮現一張臉，瞪大著橙色眼睛，一副氣急敗壞的模樣。那張臉他再熟悉不過了，是同為第三分隊的同僚之一。同時上官申灼也明白對方為什麼如此憤慨，他確實有資格生氣，但闖禍的並不是自己。

「申哥，你知不知道我的白飯是被誰吃掉了？」

「……」

「檀說不知道。申哥你的臉色怎麼怪怪的，是不是知道小偷是誰！」

「我……」上官申灼一臉欲言又止。

「可惡，你現在在哪裡？那個小偷也在你旁邊嗎？」

對方的機警讓上官申灼陷入短暫的沉默。

東湛沒注意上官申灼在做什麼，他一直在觀察遠處的情況。若輕已經走得有點遠了，若是再晚幾步出發可能會跟丟，必須把握眼下的良機。

「那，我也要出發了。」

東湛不等上官申灼回應，逕自邁開腳步。他順利避開其他在原處等待的人，鬼鬼祟祟地跟上若輕的腳步，所幸沒有任何人察覺出什麼異樣。

擅自脫隊的若輕一人四處打轉閒逛，散漫地尋找著指定地點，這個房間不對便再換下一間。

「這裡什麼都沒有嘛。」

旁人眼中看來是東湛神經大條到無所畏懼，真相卻是若輕身為水鬼，什麼樣的鬼怪沒見過，這種靈異事件根本入不了他的眼。

何況，他連最糟糕的狀況都遇過了。

親身經歷過自己的死亡。

梁柱上都貼有字跡潦草的符咒，牆上磁磚因潮溼的夜氣而透出水珠，不時沿著水泥牆流淌至地面。一間間的房間還保留著當年開業時的器具，但多半已損毀不堪使用，全都堆積在角落。窗戶也蒙上一層灰，空氣中蔓延著歲月的塵埃，使得外頭的月光幾乎照不進來，陰暗的空間加上不時襲來的狂風呼嘯聲，更增添一絲詭譎。

這種場景，就像是隨時都會有鬼怪出沒。

「吱吱吱。」

驀然地有個東西快速掠過若輕的腳邊，他愣了一下，把手上的光源照射過去，原來是一隻老鼠。但牠瘦得不像話，想必這裡已經沒有任何食物了，就如同這棟廢棄建築，逐漸在時光流逝中凋零。

若輕繼續搜尋指定地點，腳下的步伐不禁踩得有些倉卒。說不上是出於何種原因，他不想在透著寒氣的夜晚繼續在這裡逗留，眼下只想趕緊完成工作。

「終於找到了，拍完就趕快離開吧。這裡好悶啊，是人待的地方嗎？」任務要求在放有人體模型的房間拍照即可。若輕興沖沖地上前，巴不得趕快結束這無聊的節目。

趁對方低下頭研究手中的自拍棒時，東湛悄悄從後方靠近。只要拍掉肩上其中一把火就可以了，他專注地瞇起眼，似乎還真的隱約瞧見三把火的影子。

男孩在心中默數一、二、三，跳了起來，朝若輕的左肩揮去。沒想到一個撲空，連點邊都沒搆著。

等等，現在是什麼情況?!現在是小孩身體的東湛，根本碰不到有一百八十公分的若輕，身高的差距竟成了他的死穴。

——這傢伙到底是吃什麼才會長得那麼高，該死的！

嗯？說起來這傢伙不就是他自己嗎？

明明眼前有個大好機會，他不甘心就這麼放棄。在試了幾次未果後，東湛已經喘得像條狗，四肢逐漸發痠。只要再一點點，明明就快碰到了……

他使盡最後一絲力氣跳躍，拉長了手臂想要觸碰到對方的肩膀。此時若輕似乎忽然發現了什麼，往前邁出一步。

「碰！」結果這次東湛仍以失敗收場，還在落地時不慎踢到附近的椅腳，發出響亮的碰撞聲。

「誰在那裡？奇怪，是我聽錯了嗎？」若輕反射性地轉頭察看後方，在視野可及之處沒看到任何可疑的事物。剛剛東湛趕緊找了個死角躲藏，才免於被發現。

若輕終於調整好自拍棒，開啟閃光燈拍照。他擺出數個帥氣的姿勢，連續拍了好幾張，一臉得意地看著自己的傑作。

「人帥真的是拍什麼都好看耶。在陽世的目的達成後，我就繼續使用這個身體吧，反正不用白不用啊，哈哈！」

東湛當然不可能讓他如願，所以必須得把握這個千載難逢的機會，不能讓若輕溜了。他情急之下隨手撿起了地上的一個小垃圾，二話不說朝著前方的身影猛地砸過去。

「痛死啦！」若輕冷不防被擊中後腦勺，立即慘叫了一聲，巨大的痛楚讓他彎下身子。

畢竟是自己的身體，東湛有些心疼，但眼下見機不可失，就是現在！

「看我的厲害！」東湛衝上前，揮動右手掃過若輕的左肩，原本在燃燒的火焰瞬間被他拍滅了。

男孩不由得睜大眼睛，喜悅的神情爬上了臉龐。成功了，他辦到了！

然而喜悅之情沒有持續多久，突然閃過一道黑影，打斷了東湛的好心情。黑影迅速地增加，眨眼間若輕的身周擠滿了無數黑影，它們無不爭先恐後地想要攀到只剩兩把火的若輕身上。

「現在是什麼情況？」東湛則嚇得呆愣在原地，無法動彈。

而還抱著頭的若輕，渾然未覺自己恐怕大限將至。

另一方面，最先出發的藝人與攝影師都已經回到集合地點。當他們得知東湛竟擅自脫隊單獨行動，無不表示不悅。

「這跟說好的流程不同啊？」

有人立即提議去找回東湛，畢竟眼下只有這個辦法，大伙很快便一致同意。

「各位觀眾，我們先進一下廣告，馬上回來。」而且他們沒忘記節目還在直播中，只好先編個理由安撫觀眾，順利擺平這個脫稿演出的危機。

從剛才便獨自藏身在陰暗深處的上官申灼驀然感受到一股涼意。面前突然吹來一陣明顯的陰風，讓人彷佛瞬間墜入冰窖，四肢百骸全都涼透了。

原先要出發去找東湛的人們想必也感受到了這股不對勁，他們全僵在原地，說不上來的詭異感令這行人卻步了。

「糟糕了。」就在此時，上官申灼想起剛剛沒來得及告誡東湛的事。在這緊要關頭，他竟然犯下了嚴重的失誤。

當活人的肩上少了一把火，陽氣會在瞬間減弱。這時候靈體就能進入其身體，但同時那具身體也會成為雜靈的獵物。

めんじゅう　ふくはい

陽奉陰違

第五章

墨氏兄弟

MENJUUFUKUHAI

「快點……給我……」

「這是……我的……別搶……」

現在是活人的若輕不過是個普通人類，雖能隱約感應到超自然的存在，但什麼都看不見，頂多就是覺得有點涼颼颼。

他顫抖著身子，打了個大大的噴嚏，收起自拍棒，嘟囔著說要回去了。這時已經有好幾隻雜靈伸長手攀上若輕的背脊。

「開什麼玩笑，那是我的身體！」東湛見狀大驚失色，也沒多想就衝上前去跟雜靈搶人，硬是將它們拽了下來。

雖有靈紙加持讓自己得以現形於陽世，但實際上東湛仍是個鬼魂，因此能觸碰到這些雜靈。

雜靈們沒有因東湛的妨礙便放棄，才被撥開又爭先恐後地撲上去，拚了命地想抓住它們的獵物。正當東湛只能眼睜睜看著大勢已去的時候，若輕肩上再次竄出了火苗，然後火苗逐漸變成穩定燃燒的火焰。黑影雜靈一碰到火，就像是被燙傷似地哀號著縮回手，看來三把火是它們的罩門。

失去獵物的雜靈們恐怕是想報復東湛破壞了它們的好事，轉而開始攻擊他。

「滾開，不要過來！」東湛眼睜睜看著大好機會從自己手中溜走，現在還被這些雜靈糾纏，實在是禍不單行。

就在這陣跟雜靈爭執的混亂中，東湛手背的靈紙竟再度脫落了。

「嗯？」原本已經打算離開的若輕驀地感應到什麼，下意識回過頭。

現在身為普通人類的他自然什麼都看不到，沒有靈紙便無法在陽世現形的東湛，對他來說不過是無形之物。若輕聳了聳肩，沿著來時的路線折返，他並不知道自己此時與一名陰間來的公務員擦身而過。

此人正是發現若輕迎面而來，於是暫時拔下靈紙的上官申灼。多虧他抵達現場揮刀斬除雜靈，東湛才得以獲救。

他的刀可以斬斷魂心，藉此驅除雜靈，但只是暫時的。蜂擁而來的雜靈遠比想像中還要多。

「這裡交給我應付，你趕快去找若輕吧。」上官申灼只能不停地揮刀對付眼前的雜靈們。

「知道了！」

離去前，東湛回頭瞥了上官申灼一眼。他那被包圍卻一心不亂地對付敵人的英勇模樣，讓東湛先前對他的不滿一掃而空。

既然事情都到了這地步，他絕對不能退縮，半途而廢可不是他東湛的作風。不然，這一切將變得毫無意義。

很快地，若輕的背影就出現在東湛眼前。他還沒走遠，憑東湛現在的步伐還追得上。但前者忽然止步，有東西響了——是手機。

「怎樣？」若輕毫不遲疑地接起，口氣顯得很是不耐煩。

但電話另一端的經紀人更氣急敗壞，「你到底在幹嘛！知不知道現在還在直播？你懂直播的意義嗎！」

「我管他是直播還是橫播。你不用擔心，我現在就要回去了。」

「真不敢相信你居然擅自脫稿演出，你是打算給所有人難看是不是！」

「嘖，真煩人……」若輕抱怨道。

「你、你剛剛說什麼！」

「我說你老是那麼嘮叨，難怪頭禿得比一般人還要快。」

「……」你以為是拜誰所賜啊！經紀人在心中怒吼。

「好啦好啦，我回去會跟大家好好道歉，跪下來磕三個響頭總行了吧！」

「……也不用做到那種地步。」經紀人只能轉為好聲好氣地安撫他。

東湛無從得知若輕電話裡的對話內容，但聽著聽著他有種不好的預感。只希望這小鬼不要用他的身分做了什麼傷天害理的事才好，否則，他絕對會讓上官中灼先滅了他！

若輕還在講電話，全然沒發覺男孩逐步靠近他身後。東湛來到青年身後，在心裡估算著距離，默默倒數後又一次奮力一躍。

眼看手就要順利搭上若輕的肩，未料在這緊要關頭，青年忽然激動地朝著電話那頭叫罵，之後順勢轉過身靠上了牆。

「咦——」

東湛只來得及倉促地「咦」了聲。他的手直接揮空，為了平穩突然落地的身子，東湛以單腳支撐的姿勢在原地轉了半圈，還是向後倒去。

他的背後剛好是樓梯口，沒有牆壁可以支撐，東湛就這麼滾落先前沒有發現的地下室。他又再度錯失了奪回身體的良機，瞬間就被地底的黑暗吞噬了。

若輕終於掛掉電話，臉上慍怒猶殘。即便他不是真正的東湛，被念久了任誰都會感到不痛快。

他哼了一聲，正想舉步往前走時，卻注意到了牆壁旁的樓梯。

「這裡怎麼會有地下室？」

好奇心不斷誘惑著他去一探究竟。正當他即將付諸行動時，有個人搭住了他的肩，將他給拉回來。

原來是找過來的經紀人，「請不要再亂跑了，這樣我們很困擾。」

經紀人身後還跟著主持人以及一群工作人員，他們剛剛全都像熱鍋上的螞蟻般四處尋找東湛。

「知道了，好吧。」若輕只能打消探險的念頭，跟著一行人離去。方才臨時中斷的直播才又繼續，這時候已經耽擱了有半小時之久。

眾人重新收拾好心情，繼續廢墟探險。

「喝！」上官申灼回過頭，伸腳踹飛一隻雜靈。

他看著東湛跟隨若輕離去的方向，心中突然萌生了不好的預感，必須要趕緊解決這邊的狀況趕過去才行。他重新轉身面對雜靈，持著刀的手臂舉高至頭頂。

他手中的苗刀足足有一百六十公分長，刀形與日本武士刀類似，但刀柄較長，刀身也較厚，需以兩手持握方便施力。

上官申灼凝聚氣力，算準時機朝雜靈群聚的中心猛力一劈。首當其衝的雜靈在被劈砍到之前，就先消融於招式強勁的靈力下。

但被消滅的只限於一小部分的雜靈，廢棄醫院提供了數以萬千的雜靈藏身之處，奇形怪狀的雜靈源源不絕被吸引而來。幾十隻的話尚不足以畏懼，但上千的數量就有些讓人傷腦筋了。

何況靈紙有時間限制，上官申灼可不想要為此逗留陽世加班。他輕輕地吐納幾回，穩定呼吸的節奏，直到不被外界紛擾所妨礙。

上官申灼持刀平舉至胸口前，今天的手感還不錯，既然如此就一次殲滅吧，將眼前這些雜靈全都清理乾淨。這也是他們平時的工作之一，引導……以及清除亡靈。

他反手握住刀柄，在空中畫出8字軌跡，然後逐漸勾勒出繁複的圖形，生成符印。符印像一張網子般圈禁住那些來不急逃脫的雜靈，轉眼間就在靈壓下全數消散，連殘渣都不剩。

總算清光眼前的雜靈，上官申灼立即沿著東湛離開的方向前進。但才走到一半，便有一陣電流阻止他繼續往前。

他張望四周，發現電流的來源是梁柱上貼的驅邪符。剛剛過來時沒有反應，大概是靈紙的緣故。

靈紙可以掩蓋他身上的陰氣，所以驅邪符沒有發動，先前經過的東湛大概是因為有著活人的魂魄才免於被干擾。

這張符咒只是個小小阻礙，以上官申灼的力量即便直接徒手撕除，也只會輕微灼傷而已。但他沒辦法這麼做，如果恣意破壞廢墟內各處的驅邪符，在場的活人恐怕會受到不必要的侵擾。

換句話說，上官申灼被區區一張驅邪符咒給困住了，身處動彈不得的情況。這麼一來他就必須要先清除這醫院內大半的雜靈，才有可能脫身……

套一句第三分隊某人的名言「我拒絕勞動」，自己其實也是相當討厭浪費時間的呢。思及此，上官申灼不禁苦笑了一下。

「啊、噢、唔、呃……痛痛痛死了啦！」

東湛順著往下延伸的階梯，一路滾至最深處的地板。他每落下一階，就發出意義不明的悶哼聲，好不容易才終於滾到底停下。

男孩皺起眉，明明都已經是鬼了，這副身體發出彷彿骨頭都要散掉的疼痛還是讓他不適，所幸痛楚沒有持續太久。

他扶著腰，艱難地從地上爬起，頓時覺得自己大概是全世界最可憐、最無助的鬼了。

但災厄並沒有就此放過他，東湛才一抬眼便對上一隻大得不可思議的眼睛。

眼睛只有一隻，乍看像飄浮在空中，仔細一瞧，發現後頭連接著好似妖獸模樣的半透明龐大身軀，怎麼看都是棲息在這片漆黑中的詭異生物。

「咕嚕咕嚕。」那生物發出像是吞嚥唾液的聲音，目不轉睛地盯著東湛。真的是目不轉睛，沒見它眨過半次眼。

「耶？」就在此時，東湛想起上官申灼曾多次警告過他的餓鬼。

這種怪物存在於光明與黑暗的縫隙中，以遊魂維生，但只要身上貼有靈紙就能掩蓋陰間的氣味，避免被餓鬼攻擊。靈紙的有效期限是二十四小時，今天還沒有結束，理論上餓鬼的目標應該不至於是他才對。

然而事情沒有那麼簡單，東湛這才發現自己弄巧成拙了……

「我的靈紙什麼時候弄掉了？」東湛只是保險起見想再確認一次，卻發現手背上的靈紙早已經不翼而飛。

明明上官申灼再三告誡過他的，啊！一定是跟雜靈糾纏不清的那個時候，不小心被扯掉的，真該死——

但現在後悔也於事無補了，總之先逃命再說。

思及此時，餓鬼已經張大嘴巴撲向他，東湛甚至能看到它嘴裡有尚未消化乾淨的殘渣。

「哇！」在狂奔逃命的途中，東湛被某個東西絆倒，狠狠踉蹌了一下。

在這幾秒的空檔，別隻餓鬼的觸手迅速纏上他的腳踝，把他整個人倒掛在半空中，這次是一隻長得像超巨大水母的餓鬼。

看起來餓鬼有著各式各樣的面貌，而且還習慣集體行動！

「吼——」外表像水母的餓鬼緩慢地張大嘴，想將男孩放入口中好好品嘗一番。

忽然有某個東西快速飛來，將這隻餓鬼撞飛出去。東湛少了觸手的束縛，直往地面掉落，他還沒搞清楚狀況，便有另一陣強烈的痛楚向他襲而來。

只見第一隻餓鬼咬住了東湛，他的一隻手臂沾滿了不明黏液，緩慢地沒入怪物口中。

「啊啊啊啊！」餓鬼不斷收緊血盆大口造成的壓迫感讓他驚駭地大叫出聲，東湛拚了命地想拔出手臂，但徒勞無功，只能轉而毆打餓鬼，看能不能多少起點效用。

然而餓鬼紋風不動地繼續吞噬，看來他的攻擊對它而言根本不痛不癢。

東湛只能驚懼地看著自己整個人沒入餓鬼的口中，成為它養分的來源。他默默倒數自己生命剩餘的秒數，再一次感受到自己是多麼不堪一擊。

就像剛出道時還青澀的自己，被讚揚是備受矚目的明日之星，但充其量只是個冒牌貨，明星光環不過是他人擅自加在身上的標籤。

但他很努力活成他人期待的模樣，而且光是努力還不夠……

什麼嘛，演技也不過如此啊。太令人失望了。

只是這點程度，隨時都能被人取代吧。

全身上下找不出半點長處。真要說的話，只有臉可以看嘛。

不過就公司很會打宣傳，人氣跟實力根本不成正比啊。

於是東湛以自戀與驕傲武裝起自己，只有他知道，自己就是個再普通不過的人。

從頭到尾他就只是個騙子，是個冒牌貨。

如果有天被人揭發，他便再也騙不了別人，也騙不了自己了。

與其被別人拆穿自己的平庸，那還不如死掉算了。要是被知道自己一點也不特別，先前努力過的一切也會被全盤否定。

或許現在這樣才是最好的。

只要死掉就不用活在世人的眼光裡了，對吧？

「嚎！」一聲淒厲的嚎叫令東湛從飄遠的思緒中清醒過來，他竟恢復了自由之身。

原先即將吞噬他的餓鬼已經被其他餓鬼大卸八塊，殘肢四處紛飛，濺滿不明的體液。原來餓鬼之所以集體行動，是出於爭奪。

彼此互相搶奪獵物，落敗的弱者理所當然會被淘汰，就如同自然界適者生存的法則。

「怎麼回事？」接下來的發展令東湛更加錯愕。

餓鬼們為了爭奪他打得不可開交，有些怪物的殘肢甚至融合在一起，產生出了新型態的奇異物種。

東湛嚇到完全忘記逃跑，呆坐在原地。當他回過神時，已經又被妖怪強而有力的前肢緊緊勒住了。

怪物猛力將他拉向自己的嘴，東湛抵不過強勁的拉力，只能像布娃娃般任人擺布。

這回的怪物臉上長滿細細的絨毛，像是靈長類動物，但東湛知道不該把它當成普通的猴子。再說，真正的猴子才不會張大著嘴要一口吃下他。

嗚哇，在吞下他前，怪物竟然還說了句，「我要……開動了……謝謝……招待。」

不是吧，竟然開口說話了?!還那麼有禮貌是怎麼回事?沒有人要招待你啦!

「我才不要死得這麼不乾不脆咧！」此刻的他都要哭出來了。這是他第二次用這個身體哭泣了吧，雖然原因截然不同。

但即便再怎麼痛恨無能為力的自己，他也不要死得這麼難看!

「可惡，你這怪物，跟你拚了！」說罷，東湛用盡氣力扭動身軀，抬起瘦弱的小腳往猴子臉上用力一踩。

見怪物沒有多大的反應，男孩便改用別的方式，嘴巴一張咬住怪物的手臂；他的手也沒閒著，往怪物的眼睛戳了下去。

他要死命抵抗，含怨而終才不是他向這個世界告別的方式。

這時一支箭矢不知從何處劃破空氣飛來，不偏不倚地射進怪物張大的嘴裡。餓鬼劇烈地一震，頹然向後倒去，立即被同伴們分食得一乾二淨。

東湛不明白剛才一瞬間究竟發生了什麼事，他嚇得動彈不得，直挺挺地往下摔，然而有個人接住了他。

東湛僵住了，深怕又是新的怪物迫不急待地要分食他。男孩緩緩抬起目光，映入眼簾的是右耳戴有流蘇耳環的青年，對方橙色的眸底蘊含著不容忽視的怒氣，直直注視著他。

「你就是東湛吧？」

「是……」

這個有著亂翹藍髮的青年綁著辮子，散發出的氣場跟上官申灼完全不同。相較於那人的冰冷，此人周身環繞著張狂的怒氣，像是有人在他背後點了一把火。

青年聽到他的答覆，嘴角扯出一抹弧度。

「不，應該這麼問，你就是吃掉我辦公桌上那碗白飯的東湛？」

這話太過莫名其妙，東湛下意識地張大嘴，一臉呆滯地回了句，「啥？」

等等，被人這麼提起，似乎是有這麼一回事吧？

「還啥什麼，擅自吃掉別人桌上的東西，你父母沒教你做人的基本禮貌嗎！」

「對不起，我不是故意的。那時候肚子實在是太餓了，所以沒想那麼多……」

「住嘴，我不想聽你解釋！」

兩人忽略四周的其他餓鬼，為被吃掉的白飯爭論了起來。

「阿徹，小心！」

突然有另一個聲音喊道。多虧這句警示，男人揪起東湛，安全避過了蜘蛛狀餓鬼的襲擊。

看來新的入侵者讓剩下的餓鬼感受到了威脅，它們聚集了起來，此刻全都躁動不已。

「欸，小子！」男人輕鬆地單手提著東湛，彷彿他沒什麼重量。

東湛小心翼翼地探看對方的臉色，深怕他一個不開心就把自己丟進餓鬼堆裡洩憤。

東湛相信對方不至於會這麼做，畢竟他之所以出現在此，不就代表也是陰間刑務警備隊的一員嗎？大概是那時外出巡邏的兄弟檔之一，不過是哥哥還是弟弟呢？

「我不會原諒你的，但你也不准隨便被吃掉！別忘了，你可是欠我一碗白飯，聽清楚了沒？」

「我耳朵又沒聾……」

「你說什麼？」

「會不會被吃掉又不是我可以控制的！你看這麼多餓鬼，趕快逃出去才是上策吧？」

「你也太小看我們了吧。好歹我們也是警備隊的一員，對吧？哥哥。」

——原來他是弟弟。

另一名男人緩緩從陰暗處現身。他同樣戴著流蘇耳環，只不過是在左耳。

這人有著跟弟弟相似的容貌，但深藍長髮柔順地綁成馬尾；眼睛是深沉的紫色，狹長的眼尾散發出貓一般沉靜的氣質。

比起滿腔熱血的弟弟，哥哥看起來穩重許多，但又沒有上官申灼那種冷冰冰的感覺。

這對貌似是雙胞胎的兄弟，長相在一般人眼中絕對算得上是極品，再加上上官申灼，說不定可以組個偶像團體出道了……東湛漫不經心地想著。

「你們陰間刑務警備隊是怎麼回事，是不是得先過顏值這關才能入隊啊！」唉，光是看著就覺得火大。

哥哥終於來到東湛面前。他似乎不是很明白男孩方才的一番吐槽，但又覺得不回應似乎是件失禮的行為，因此點了點頭。

——不要給我承認啊！謙虛，謙虛你懂不懂啊？

東湛注意到哥哥拿在手上的武器是把弓，身後還背有箭袋，看來方才那一箭是對方替他解圍的。但還來不及多說些什麼，一隻蟒蛇模樣的餓鬼就昂著巨大的蛇首朝三人一口咬下。不過它再度抬起頭時，嘴裡卻空無一物。

弟弟一把將東湛夾在腋下，猛然跳躍到空中。哥哥同樣一躍避開，同時拉開長弓。

有股靈壓醞釀在箭尖，在離弦那一刻，便帶著強大的衝擊波打在蛇首上，一箭命中要害。儘管蛇型餓鬼瞬間崩裂成沙，其他餓鬼仍前仆後繼地湧上，聲勢驚人。

但兄弟檔毫無退縮之意。

「準備好了嗎？」弟弟看了東湛一眼，橙色的眸底似乎正傳達著某種訊息。

東湛和青年不過是初次見面，要他立即解讀出什麼也太強人所難了吧！

「準備什麼？」東湛只好傻愣愣地詢問，頓時覺得自己像個笨蛋。

弟弟給予的回覆卻是一抹促狹的笑容。接下來發生的事全在一瞬間，東湛怎麼也想不到對方竟然把他整個人丟上高空。

「咦咦咦咦咦?!」

餓鬼們紛紛停下進攻，貪婪的目光全都被食物吸引過去。彷彿有人按下了慢速播放鍵，東湛於空中緩緩劃出弧線，幾乎全部的餓鬼都突然動起來，爭先恐後地衝向東湛飛往的方向。

霎時間，餓鬼們全都擠在了一塊，以彼此為踏腳石，互相踩著同伴只為了更接近目標。眼見它們即將抓到墜落的男孩，突然有道低沉的嗓音附上東湛耳畔。

「抱緊我。」

東湛立即像隻無尾熊般四肢攀緊哥哥。青年修長的腳踩上其中一隻餓鬼的頭頂，跳躍到更高的空中。

眼見時機成熟，哥哥朝弟弟遞去一記眸光。東湛好奇地望過去，只見弟弟點了點頭，拿出自己的武器。

那是一把乍看之下很普通的扇子。

弟弟卻將扇子由中間一分為二，拋向了空中。兩把扇子在旋轉幾個圈後，轉瞬間變成巨大的迴力鏢，邊緣反射出金屬獨有的光澤。

接著他扭過上半身，藉由反作用力擲出迴力鏢狀的鐵扇。鐵扇以高速旋轉的力道衝向堆得像座小山似的餓鬼們。

——他剛剛無疑是把東湛當成誘餌了。

「好喔，你給我記住。」東湛在心中咬牙切齒。

餓鬼們三兩下就被鐵扇殲滅了，作為這驚人一幕的見證人，他總算明白弟弟方才的宣言並非誇大其詞。

看來陰間刑務警備隊的成員各個都不是什麼好惹的角色。

少了餓鬼的存在，地下空間忽然變得空曠許多。巨大的迴力鏢已經回到弟弟手中，只見青年往空中又是一甩，眨眼間又回復成一把可以隨身攜帶的扇子。

男人手執鐵扇，「唰」的一聲將扇面合起，將排口指向男孩，「喂！我說你快點給我從奕哥身上下來！」

被人一提醒，東湛才發現自己仍緊緊抱著哥哥不放。他的臉頰貼在男人衣領敞開的胸口上，現在的姿勢確實是有些尷尬。

「我馬上就下來——」

哥哥毫不在意地看了男孩一眼，沉穩地說道，「沒關係的。」

這人真好啊。東湛內心不禁發出對眼前人的由衷讚美。與此同時，他還是趕緊從對方身上離開。

即便當事人說不要緊，但畢竟是素昧平生的兩個人抱在一起，怎麼想都覺得有些不妙。

「什麼沒關係！這小子可是在我面前光明正大吃奕哥的豆腐耶，我哪可能視而不見，奕哥必須由我來守護！」

沒想到這傢伙在有病之前，還是個兄控。

「唔哇。」思及此，東湛打了個哆嗦，給了對方一個嫌棄的表情。

「你這傢伙在嫌棄誰啊！我們墨氏兄弟的事不用你多嘴。」弟弟凶狠地怒目而視。

「阿徹，冷靜。」哥哥把弟弟摟向自己，拍了拍他的背，讓他稍安勿躁。

「是，奕哥，我冷靜下來了。」感受到來自哥哥的關懷，弟弟的表情立即柔和了下來，像隻熱情的大型犬享受著對方的注視。

這道無形的光芒是……東湛不禁抬手遮眼，覺得自己快要被籠罩著雙胞胎兄弟、名為親情的強烈白光給閃瞎了。

看著兄弟倆和睦融融的樣子，東湛忽然閃過一個旁門左道的念頭。若是跟哥哥打好關係的話，不就有牽制弟弟的強力籌碼了嗎？

不對，他本來的目的就只是想奪回自己的身體。完成任務後，自然也沒有與這群人打交道的必要了吧。

「既然解決餓鬼了，就不該在此逗留，以防有新的變動。」哥哥沉著地建議。

「同意。」弟弟立即接上哥哥的話，「要是那些傢伙捲土重來的話可就難辦了，我現在可沒心思去對付牠們，還要先跟這個臭小鬼算帳呢。」

「那些傢伙還會再出現嗎，不是都已經消滅了？」東湛的表情有些驚懼，想起剛才的情景仍是不寒而慄，他再也不想看到那群詭異的怪物了。

哥哥耐心地解釋，「餓鬼是生存在光明與黑暗的縫隙，這棟大樓的黑暗可以提供不少藏身處，有些餓鬼只是尚未變化而已。」

「變化？」東湛不明白那是什麼意思。

「餓鬼在還沒變化之前，不過是群不值得一提的雜靈。雜靈吃了夠多的鬼魂，就會變成你剛剛看到的餓鬼啦。」弟弟刻意靠近男孩，傾身微微揚起唇低語，「你害怕了嗎？小鬼。」

原來餓鬼是這樣生成的。

東湛不以為然地撇撇嘴，他當然知道對方是想要嘲諷自己膽小。就在下意識想反駁時，他突然心生一計，跑到哥哥身旁去，故作無辜狀地撒嬌說道，「人家很害怕嘛。」裝可愛的語氣自己聽了都有些反胃。

哥哥低下視線望了腿前的東湛一眼，東湛也只能硬著頭皮，繼續仰頭以淚汪汪的眼眸與對方四目交接。正當有些尷尬之際，哥哥竟一把將他給抱了起來，溫柔地拍了拍他的背，就像方才對自己弟弟做的一樣。

總之他的目的達成了。東湛回眸，丟給弟弟一記計謀得逞的心機眼光。

反被將一軍的弟弟整個快要氣瘋了，眼睜睜看著哥哥就這麼抱著男孩，緩緩走上樓去。沒想到他這做弟弟的，竟然會落到只能默默跟在後面、暗自不爽的下場。

「若輕呢？」來到跟若輕失之交臂的樓層，東湛猛然推開了哥哥跳下地面，急切地找尋若輕的身影。

這時他聽見了外頭的騷動聲，急忙趴到窗臺上，只見若輕與一干工作人員已經結束在廢墟內部的拍攝，現在只要將直播收尾就可以收工了。

結果還是來不及了。東湛難過地垂下頭，為自己多災多難的未來感到沮喪不已。

上官申灼也結束手頭的工作，回到原先出發的地點。他看到東湛竟跟兄弟檔在一塊，顯得有些詫異。

「你們怎麼也來了？」上官申灼用例行公事的口吻問道。

「我們在外出巡邏時，忽然感應到有餓鬼騷動，所以前來察看。」哥哥一臉認真。

「對，就是這樣……」弟弟則心虛地撇開目光。哥哥說的是此行主要目的沒錯，但其實他還是有私心的。

不過也多虧如此，才讓他們意外救下差點成為餓鬼大餐的男孩。反正結局皆大歡喜不就好了，原因什麼的就不用再追究了吧。

上官申灼輪流看了看兄弟倆截然不同的反應，也不知道意會出什麼，最後只是輕聲嘆息，嘴角泛起一絲無奈說道，「總之先回去吧，靈紙的時間限制也差不多該到期了。」

靈紙的效果只能維持二十四小時。這也意味著他們耗了將近一整天，不過是在浪費時間，最後仍換來一場空。

能夠滿足換回靈魂條件的時間所剩不多了，必須加緊腳步。

上官申灼一行人步出了廢棄的醫院大樓。若輕已經坐進保母車，即將離開現場，工作人員也開始收尾的工作，現場只剩下零星的圍觀群眾。

東湛心事重重地回望了廢墟一眼。他們與一個陌生人擦身而過，對方狂熱的視線讓人不由得心生畏懼，東湛突然瞪大了雙眼。一瞬間他以為女子是盯上了自己，循著女子的目光看去，卻發現她自始自終眼中只有遠方的黑色保母車。

更精確的說法是，保母車上霸占著東湛身體的若輕。

女子怨毒的視線讓東湛無法移開目光。那眼神帶著積怨，凝聚著像是要把人生吞活剝的殺意……

「怎麼了？」直到上官申灼喚了落後的東湛一聲，他才轉開注意力。等再回過頭去時，已經沒有那名女子的身影了。

「是錯覺嗎……」東湛覺得那女子有些面熟，似乎似曾相識，但就是想不起來曾在哪見過對方。而且他們之間好像不只一面之緣……

めんじゅう　ふくはい

陽奉陰違

第六章

逢場作戲

MENJUUFUKUHAI

「天殺的——」在某棟商業大樓的豪華辦公室裡，突然傳出了高分貝的尖叫聲，而且持續了數分鐘之久。

現場其他人只是冷眼旁觀情緒失控的當事人，因為他們早就都做好了心理準備。

尖叫大概是此刻這間辦公室裡的人都想做的事，只是剛好被搶先了一步，那人便是東湛苦命的經紀人。

而這裡，正是東湛所屬的娛樂經紀公司。

「您好。是的，關於報導的事情……」

「沒有這不是事實，非常抱歉……」

他們的頭號大明星又惹禍了，只是這回有些棘手，公關部正忙著應付各大媒體，還得要撰寫聲明稿澄清八卦、安撫粉絲。

但粉絲已經分裂成了好幾個派系，有一部分粉絲選擇相信公司的聲明，但更多的粉絲仍舊義憤填膺。這些議論聲浪排山倒海襲來，讓公司上下都快要招架不住。但明顯只有一人處在風暴圈外，而且就是那個事主。

若輕正在悠閒地享受著下午茶時光。

「這是怎麼一回事！」經紀人粗暴地把報紙跟列印出來的網路新聞「啪」地甩在面前的桌上。

斗大的標題寫著兩位當紅偶像交往並陷入熱戀的消息，正是東湛以及美緒。雖然多數媒體都有提到，現階段雙方公司尚未發表聲明，事實真相有待確定，但此事已經紙包不住火了。

「這不就只是一些印著字的紙嗎？」若輕顯然完全沒有受到影響。應該說一切都在預料中，這正是他想要的效果。

「所以呢，這件事是真的嗎？」經紀人快要按捺不住想掐住若輕脖子的衝動，但他還是咬緊牙關，「你跟美緒在談戀愛，我沒弄錯吧？」

「嗯，是真的。」若輕直言坦承，這也是計畫的一環。

如果承認他們關係匪淺，美緒的討論度也會受到影響。不僅如此，他還能藉機更接近那女人。

「你在想什麼啊！」經紀人先是愣住，然後不敢置信地瞠大雙眼，「什麼時候發生的事？我怎麼不知道你跟美緒有什麼交集。」

「上次音樂祭的時候。」活動結束後，若輕順利拿到了美緒的聯絡方式。看樣子對方也不是沒那意思，不然哪可能如此輕易上鉤，帥哥的臉果然吃香。

自那之後他們就一直保持聯繫。雖然緋聞比想像的還要更早曝光，但也不影響他的復仇大計。

假戀愛真復仇這招在肥皂劇不是老梗了嗎？即便是十歲的他也懂得運用。

沒想到成為東湛才數週，若輕已經越來越能適應這個業界，也能理解大人們之間的勾心鬥角了。

「你忘了嗎？合約上有註明，你十年內都不能談戀愛。大明星東湛可是有簽禁止戀愛條款的，你打算毀約不成？」經紀人搬出殺手鐧，下最後通牒。

「毀約會怎麼樣？」若輕佯裝不經意地隨口一問。

「要付你現在收入乘以十倍的違約金，你付得出來嗎？」經紀人決心不再縱容這大明星為所欲為，口氣變得毫不客氣。

若輕一愣。局勢如此演變是他萬萬料想不到的，他果然還是太嫩了。

「公司大可冷凍你，你確定要為了這種事斷送大好前途嗎？」見對方沉默不語，經紀人趕緊趁勝追擊，「何況談戀愛對你們兩人都沒有好處，何必急在這一時。偶像是要靠粉絲支持的，沒有粉絲你什麼都不是。」

確實，如果失去了名聲、地位以及所有優勢，那麼計畫就難辦了，這個身體對若輕也不再有利用價值。想想這東湛還真可悲，不過就是被人囚禁在鳥籠裡的美麗金絲雀。

若輕輕笑了兩聲，「老實說，我對她並不感興趣。」他真正感興趣的是她那張跟記憶中如出一轍的臉……

「可是你剛剛不是這樣說的。」男人瞬間改變的態度，令經紀人困惑不已。

「不過是美緒一廂情願地認定我們在交往而已。」若輕決定先敷衍過去。

「那這張照片你要如何解釋？這怎麼看都不像巧合……」經紀人指了指八卦雜誌上的照片。

照片中的主角理所當然是東湛與和美緒，兩人正在高級飯店的大廳一角站著說話。從旁人來看，肯定認為他們之間有什麼不可告人的關係，才會約在飯店見面。

然而實情是，若輕當天不知為何在那巧遇了美緒，又正好被有心人士捕捉到這一幕。他只是為了品嘗飯店的期間限定甜點才前去，就這點上來說，確確實實是誤會。

但若輕根本沒想花力氣辯解，反正違約的人也不是他啊！是這具身體原本的主人，那個叫東湛的男人。

「別擔心，這件事我會妥善處理。」若輕口氣輕鬆，不急不徐地表示。

「你覺得我還會相信你嗎？」經紀人的臉色一陣青一陣白，原先的氣勢蕩然無存，「總之得先以你的名義發聲明，然後由公司出面否認——」

「這件事我自己會看著辦，請再給我幾天時間。」若輕果斷地打斷了對方，立場堅定。

「我還是覺得……」

「不說這個了。」若輕話鋒一轉，輕快地結束了這個討厭的話題。

他拿起報紙夾著的傳單，用熱情且真誠的目光注視著經紀人，「這是連鎖速食店最近新推出的漢堡，買給我！」

「唉……」這名苦命的中年男子再次嘆了口氣。

「太棒啦，出運啦！」

另一方面，美緒的經紀公司可說是處在普天同慶、舉國歡騰的愉悅氛圍中。跟男方的情況相比，有如天堂與地獄的分別，公司高層甚至授意美緒接受媒體獨家專訪。

「雖然美緒已經是當紅偶像，但我們這種小型經紀公司能做的宣傳有限。如果藉由這次的緋聞炒作，讓她知名度更上一層樓，實在是好事一件！」公司幹部欣喜若狂地說道。

但公司裡也有人不這麼認為。

「是嗎……」那便是美緒的經紀人美繪，也是她的親姐姐。

她有著同樣精緻的深邃五官，以及比實際年齡更顯得年輕的白皙肌膚。不同於妹妹的青春活力，姐姐散發出輕熟女的淡淡性感，是與妹妹氣質迥異的大美人。

美繪不敢相信妹妹竟然會做出這樣的蠢事。人們都說談戀愛會喪失理智，但她一點也不認同。被愛情沖昏頭的人不知道自己在做什麼，還有將會面臨什麼，大人自該有一套戀愛方法，可不能像小孩子玩家家酒。不過確實，戀愛時喪失理智的人，比保有理智的人還要多太多了。

「美緒，這是真的嗎？」雖然妹妹已是成年人了，但她無法就這麼放任不管。在感情上，美繪還是私心希望妹妹能少走點冤枉路，懂得明哲保身才是永遠的贏家。

「姐姐，」美緒嬌羞地低下頭，臉頰泛起羞赧的紅暈，「東湛先生真的是個很棒的人。我們是真心相愛的，一定會克服萬難永遠在一起！」

「妳以為是在演什麼言情小說嗎？冷靜一點！」身為姐姐，當然直接點破自家妹妹的愚昧。

美緒被這麼厲聲責罵，默不吭聲地垂下頭。

美繪沉默了一會，輕輕嘆了口氣。她必須盡快思考下一步該怎麼做，這場公關危機是她擔任經紀人以來最難打的硬仗。

「現在是什麼情況啊……」東湛面帶驚恐地問道，語調稍稍上揚。

「啥？看了就知道吧。」兄弟檔的弟弟抬起頭回話，便又低頭專注在原本的動作上。他拿著上頭纏滿羽毛的棒子，然後——

直撓東湛的腳底板。

「哈哈哈哈哈！」東湛笑得眼淚都要被逼出來了，「救命，快點住手啊！」

他想逃，卻被五花大綁在椅子上動彈不得，只能任人宰割、拚命討饒。

「還知道要叫救命啊，」弟弟的手沒有停過，「這是你偷吃我白飯的懲罰，你這個小偷鬼！」

「你、你自己也是鬼啊。」東湛忍不住反唇相譏。他笑到快要喘不過氣來了，雖然他似乎不需要呼吸的樣子。

「我待人處事一向光明磊落，可不像你，卑劣的小鬼！」

「我才不是小鬼，我是……」

「不是說了嗎？我知道你是誰。」弟弟的唇角忽然泛起一抹意味不明的微笑，

「所以得趁你尚未拿回原本的身體，先好好折磨你一番，才能解我心頭之恨啊！」

「還說我卑鄙，不知道狡猾的人到底是誰啊……啊哈哈！」承受不住來自腳底的搔癢感，東湛無法抑制地邊罵邊笑。

「阿徹，適可而止就好。」果不其然從不遠處傳來了哥哥的勸誡。

「再一下下就好了嘛……」弟弟想跟哥哥撒嬌，但一看到對方不甚贊同的臉色，立即收起雞毛撢子，「不撓就不撓，這小子應該學到教訓了。」

東湛總算鬆了口氣，全身無力地癱軟在椅子上。檀好心地過來替他鬆綁。

因為靈紙時間限制的關係，東湛跟隨警備隊成員回到了第三分隊的辦公室，準備重新整裝後再前往陽世。沒想到才剛坐下就受到不人道的折磨，這可不是笑笑就能隨便帶過啊！

第三分隊的兄弟檔是對雙胞胎。哥哥叫做墨久亦，弟弟都會尊敬地稱他為亦哥；弟弟叫做墨良徹，喜歡在哥哥四周打轉，彷彿深怕別人不知道他是個名符其實的兄控。

兩人作為工作上的搭檔，公私時間都在一起。哥哥似乎也對此樂見其成，給人沉熟穩重的感覺，儼然就是愛家愛弟的好男人。事實上弟弟跟其他成員也都相處融洽，唯獨跟東湛就是不對盤的樣子，真是令人傷腦筋。

等等，為什麼他東湛要感到困擾啊？這份莫名的感情是怎麼回事？自己跟他們非親非故，不是同事更不是朋友。更重要的是，自己還是陽世人，他們是陰間的鬼魂，八竿子都打不著邊吧。喔，可能要等自己死了才……

「檀，你的搭檔呢？還沒回來嗎？」他已經知道上官申灼沒有搭檔，現在第三分隊就只剩下檀的搭檔還沒見過面了，不知道是怎麼樣的人呢。

「他啊，應該就快了吧。」檀揪起眉頭，困擾地看向門口，彷彿預期著什麼事情。

剛好在下一刻，門便被人「碰」的一聲狠狠撞開。門板脫離了門框，轟然一聲掉在地上，一秒變成大型垃圾。

「我不是說了嗎？我不喜歡面前有任何阻礙。凡是阻饒我的事物，都應該是這種下場。」

幾乎就在下一秒，原本被修好的門牌也砸在破了個大洞的門板上。

「原來門是這樣被破壞的啊……」

總之又來了一個奇怪的男人。對方有著一張異常好看、但眼神刻薄的臉孔；身上穿著警備隊制服，但斗篷和衣服都加了許多墜飾和寶石裝飾，顯得相當華麗。

東湛發現這人駐足時手會交疊在一起，習慣性地擺放在腰前，雖然用字遣詞相當自以為是，但不難推測出他前世是有受過禮儀訓練的人。

檀嘆了口氣，認命地拿起修繕工具去修理被破壞的公物。

「那個，我是……」東湛見對方走向自己，基於禮貌打算先自我介紹。

可是對方逕自繞過他，用像走臺步的姿勢回到自己的辦公桌坐下。

「我知道你是誰，應該說第三分隊沒人不知道你的來歷。」男人用纖細的手指一勾，動作優雅地喝起茶來，看來是個相當我行我素的人。

「阿茜，你回來了啊。」墨良徹照慣例打聲招呼，卻激起了對方的怒火。

「不要用那個名字叫我！」男人怒不可遏地大吼，又若無其事地繼續品嘗手中的茶飲。

「茜草很討厭別人喊他的名字，可是於公於私都難免會用到啊。做人不該這麼小氣，對吧？」檀不知何時湊到東湛身旁，想要獲得男孩的認同。他跟東湛咬完耳朵後又回去修理門板了。

「如果那麼討厭自己的名字，改掉不就好了？」名字對東湛而言不是那麼困擾的問題，他現在使用的也不是本名。他一時忘記壓低音量，就這麼脫口而出。

幾乎所有人都轉過頭瞪著他，好似他剛才犯下了什麼滔天大罪。空氣在剎那間凝結，最先反應過來的是檀。

「我們都不記得前世的事，警備隊的所有人在來到陰間後，都會像白紙般保持無的狀態。我們的名字是由骰子隨機骰出的。」

「決定之後就會被登錄在陰間名冊裡，不得更改。」墨久奕補充道。

「不過，上層也不是那麼沒良心啦，」墨良徹接口說，「每個人有一次更改的機會，但只有年度考績第一名的人才能獲得這項權利。」

「說到這個我就生氣，」茜草把茶杯重重地放在一疊公文上，但茶杯裡的液體奇蹟般地沒有撒出來，「明明就只差一點了……只要再一點就可以拿到第一名了。可惡！什麼陰間？什麼公務員？全都是一灘爛泥！」

這人是怎麼回事，也太過情緒化了吧，而且他剛剛罵的爛泥似乎也包含自己在內。東湛收起腦海裡的吐槽，驀然想起一事，轉頭看向弟弟。

「你很喜歡吃白飯嗎？」

由於對方一臉認真地詢問，墨良徹先是愣了一會，然後聳肩，似乎連自己也不是很有把握，「喜歡是喜歡，該怎麼說呢，食物似乎對我而言相當重要。」

「會不會是前世殘留的記憶呢？」

東湛發現，無論是墨良徹還是茜草，大家身上或多或少都保有前世的習慣或嗜好，本人卻毫無自覺。或許並非像檀說的，他們都是白紙狀態。而且這些細節關係到當事人前世是怎麼活在陽世的。

只要從這些小細節入手，說不定可以慢慢推測出前世的專長跟興趣，甚至是前世的職業……

等等，細節?!

「總算想起來了！」他果然錯過了什麼，好險現在發現還不算太晚。那個剛剛在廢墟前擦身而過，似曾相識的女子，就是跟蹤他已久的私生飯。

通常有私生飯出現在四周都不會有什麼好事，加上她那個憤恨的眼神……

東湛想忘都忘不了，之後肯定會發生什麼不好的事情。

「上官申灼，我們還有多久才能再去陽世？」

陽世跟陰間的時間流動不一致，前者快後者慢。為了配合陽世的時間，警備隊都會等到指定時間才出發執行公務。

「還有三十分鐘。」上官申灼似乎在想事情出了神，被這麼一問才瞥了眼那個以天干地支標示時間的時鐘。

不曉得是不是任務失敗的緣故，東湛總覺得上官申灼自從見過陽世的自己後，就彷彿若有所思，有些心不在焉的模樣。

「那麼三十分鐘後，我們就啟程吧。」東湛急切地說道。

上官申灼面露狐疑，「怎麼了？」

「我有預感，似乎有什麼糟糕的事要發生了。」

若輕今天難得只穿了休閒的連帽T恤，他頭戴棒球帽，為了喬裝還特地戴上了墨鏡。

即便如此依然難掩明星氣場，身材高挑的他混在人群中，還是會引起路人的側目。果然帥哥才能享有無論到哪都是目光焦點的待遇，若輕不禁心想。

他本該好好待在豪宅裡，享受休假的愜意時光，此刻會出現在電影院大廳是為了與美緒見面。

「那個囉嗦大叔知道的話會氣死吧。」若輕自言自語道。

經紀人當然對今天的約會毫不知情，他為了處理東湛的緋聞，一大早就被叫去公司開會了。若輕認為必須把握這個機會，決定無視公司要他在家避風頭的指示，若無其事地出現在公共場所。

「等很久了嗎？」不到十分鐘後，美緒也到了。

她身著粉色的連身短褲，頭髮隨意地扎成馬尾，還戴了頂漁夫帽當作變裝。脂粉未施的美緒看起來跟平常一樣清新俏麗，看來是個素顏美人。

她迫不急待地挽住東湛的手臂，「我們趕快進去吧！」

若輕對於美緒的肢體接觸有些抗拒，身體很僵硬。美緒誤以為這是害羞的表現，殊不知這身體的靈魂不過是個十歲大的小鬼，要他在短短幾天就學會與異性相處的方式，實在是太強人所難了。

買電影票時，兩人的意見完全相左。

「這部現在很紅耶，人家想看這個！」美緒想看最近很熱門，叫好又叫座的殭屍恐怖片。

「藍色機器貓不好嗎？」還是小孩的若輕則對動畫片情有獨鍾。

兩人僵持不下，最後美緒霸氣地宣告，「我請客，要看什麼我決定！」直接走到櫃檯買了兩張票。

若輕有點傻眼，沒想到只是做個樣子的約會得面臨如此考驗。

「這到底有什麼好玩的。」若輕才十歲，他當然不曉得戀愛是怎麼回事。對他而言，每天有得吃有得玩，便是世上最幸福快樂的事了。

進到幽暗的影廳，若輕在美緒身旁坐下。他們沒有買爆米花和飲料，畢竟身為偶像，維持體態是很重要的。

「唔嗯……」不過若輕其實沒想那麼多，他只是覺得自己可能會在中途嚇到反胃。

「怎麼辦……」他小聲喃喃自語。若輕最討厭恐怖片了，任何有驚悚成分的電影都不喜歡。

電影開始了。觀眾們無不隨著劇情起伏而忐忑不安，時而喘息，時而跟著主人公放聲尖叫，彷彿身歷其境。

「呀哈哈哈！」看起來嬌滴滴的美緒發出了帶有笑意的尖叫。她其實膽子很大，喜歡挑戰刺激的事物。

若輕直挺挺地坐在椅子上，頭仰得老高，以舒適的姿勢觀影。他全程都不發一語，這讓美緒對他的愛慕之情有增無減。她悄悄地把頭靠上若輕的肩膀，完全就是戀愛中的小女人。

然而事情的真相是，若輕在電影剛開始便白眼一翻，昏過去了。等他再度恢復意識時，已是散場的時候，所以當美緒興奮地談論劇情時，他一句話都插不上。

「下次再一起來看電影吧？聽說明年有厲害的恐怖片喔。其實我滿喜歡這種電影呢，果然是平常壓力太大了嗎，哈哈。」美緒擅自想像起下一次的約會。

「……」這女人是怎麼回事，迷戀她的粉絲知不知道他們的偶像其實是這副德性啊？思及此，若輕忍不住嘴角抽搐。

「怎麼了嗎，你是不是不太開心？」美緒察覺到青年的情緒變化。

「沒有，跟妳約會我很開心。」若輕掩飾自己的不爽，努力深情款款地看著對方，「我只要太開心就會沒有表情，別在意。」

美緒露出嬌羞的笑容，嘴角止不住上揚。

「那電影看完了，我想……」該散了吧。

「還有時間，我們再去一個地方吧！」美緒開心地提議，拉著若輕的手蹦蹦跳跳前往不遠處的計程車招呼站。

看著美緒孩子般的天真笑臉，若輕有種不妙的預感。

若輕沒想到，美緒帶他來到的地方竟然是遊樂園。而且熱愛刺激冒險的美緒，第一個想搭乘的遊樂設施就是雲霄飛車。

「啊哈哈哈，東湛先生——」雲霄飛車上的遊客無不盡情地尖叫。多數人都很享受這種刺激感，美緒也不例外，應該說她愛死了。

「呵呵，妳還是趕快去死吧。」若輕緊緊抓著扶手，隨著晃動的車體不斷搖擺。

「咦？東湛先生，我聽不清楚，你可以大聲一點嗎？」

「我說，妳看起來特別開心呢。」雲霄飛車沿著彎繞曲折的軌道在高空中全速衝刺，若輕已經連敷衍的力氣都所剩無幾。

他們之後又去乘坐了大怒神和海盜船，全是些讓人心跳失速的遊樂設施。

「感覺就像快要飛起來了，我很久沒那麼開心了！」美緒顯得心滿意足。

「快要飛起來了啊……」現在看來確實是如此。終於結束這段快要重回西方極樂世界的旅程，若輕巴不得能踩在地面上越久越好，這些刺激他實在是消受不起。

照理來說，女生不是應該玩什麼旋轉木馬之類的、比較溫和的設施嗎？若輕懷疑自己是不是太低估對方了，或許他在接近美緒的同時，對方也在刺探他？

「東湛先生，要不要先休息吃個霜淇淋？」美緒提議。

若輕當然二話不說就答應，他的頭還昏著呢。

「妳去買吧。」若輕以身體不適為由，躺在長椅上休息。當他看到拿著兩份霜淇淋回來的美緒，突然心生一計，趁機絆倒她。

「呀啊——」霜淇淋就這麼不偏不倚地落在美緒臉上，這回她真的是驚恐地慘叫了。

這下知道怕了吧，他若輕就是那麼幼稚的人。

若輕佯裝溫柔地替美緒擦去臉上的髒汙，「東湛先生……」她果不其然臉紅了。

「拿去。」若輕重新去買了兩份霜淇淋。

「哇，謝謝。」接過霜淇淋的美緒笑得純真可愛，不過若輕還是對眼前的人沒有半點好感。

看著那張漂亮的臉蛋，他只有想要將其捏個粉碎的衝動，但復仇的時機還沒到。

之後美緒又興沖沖地拉著若輕玩了好幾個遊樂設施。為了扮演完美男友，若輕只能硬著頭皮上陣，好幾度差點抓狂，但終究忍下來了。

他不能急於一時，一定要讓這女人跪在他面前，向他妹妹懺悔……

最後他們來到了鬼屋。

「東湛先生，人家想玩這個。」情侶幾乎都會把鬼屋排進行程裡，不少人認為可以藉此使感情升溫，看來美緒也不例外。

「哼。」若輕自己就是鬼魂了，鬼還會有怕鬼的道理嗎？而且這還是假鬼，活人假扮的鬼通常殺傷力不高，贏就贏在嚇死人的聲光效果吧。

這間遊樂園的鬼屋主題是萬聖節，工作人員會假扮成各式各樣惡名昭彰的西洋惡鬼，例如什麼連續殺人魔或是戴著面具的魔鬼。

他們應該看看本地的鬼有多可怕，若輕對這種騙小孩的把戲嗤之以鼻。

與此同時，排隊的人潮中就混入了兩個本地的鬼。

上官申灼和東湛一個小時前又來到了陽世。無論如何，這回只許成功不許失敗。這次他們身上的靈紙都貼得牢牢的，絕對不會有任何問題。

靠著陰間的追蹤道具，兩人也順利來到了遊樂園。

「那個女人是誰，若輕難道不知道合約有禁止戀愛這項規定嗎?!這個失格的偶像！」在若輕和美緒乘坐雲霄飛車的時候，東湛躲在暗處，憤恨地瞪著高空中的男女。

「或許他有什麼計畫。」上官申灼十分謹慎。

「計畫？」東湛有些大驚小怪，「還能有什麼計畫？這死小鬼不好好給我轉世投胎，還學大人談什麼戀愛啊！真是氣死我了。」

他實在壓抑不住心中的怒火，毫不留情地數落對方。要是約會的消息傳開，東湛在娛樂圈將會失去立足之地，八卦緋聞對偶像最傷了。

「死小鬼！看我搶回身體之後不把你吊起來打！絕世超級無敵美男子東湛，豈是——」

東湛罵得起勁，完全停不下來，上官申灼也沒阻止。雖然其中夾雜著不堪入耳的穢言穢語，但上官申灼只想去思考與工作有關的事情。

在來遊樂園的途中，他們經過了電器街的一面電視牆。

以形象清新聞名的人氣大明星東湛，近日竟傳出……根據本臺記者側面了解……

畫面中剛好在播報娛樂新聞，話題正是東湛與女星陷入熱戀的緋聞。那時東湛正好被其他事物吸引了注意力，因此沒發現。

上官申灼暗忖，在風頭上的若輕不怕媒體追殺，大剌剌地出現在人潮眾多的場所，總覺得事有蹊蹺。

雖然每個遊魂想回到陽世的理由皆有不同，但共通點就是他們對陽世的渴望，比一般鬼魂還要更加強烈。就是這份心情驅使著他們，無論使出什麼手段都要起死回生。那若輕重回陽世有是為了什麼？明明已經死去二十年了。

上官申灼想著，或許是時候從事情的源頭切入了。

東湛和上官申灼一路跟蹤若輕他們，也跟著搭了好幾個驚險刺激的遊樂設施。上官申灼很是抗拒，無奈拗不過東湛，只能勉為其難搭乘。

事後證明這麼做沒有意義。

「嘔嘔嘔噁……」只見男孩虛脫地整個人跪在垃圾桶旁狂嘔。東湛現在是靈體，並沒有真的吐出什麼東西來，上官申灼則一臉淡定地看著整個經過。

「簡直失策。」東湛本來想要藉機看看上官申灼露出驚恐的神情，沒想到對方絲毫不受任何影響，倒是自己先被撂倒了。

不愧是強得像惡鬼般的傢伙，這個人到底有沒有弱點啊？

「走了。」見若輕他們往下一個遊樂設施邁進，上官申灼隨後要跟上，回頭一看卻發現有人先陣亡了。

趴在地上的男孩露出抱歉的神情，嘿嘿一笑。上官申灼想了想，不發一語地將東湛背了起來。

「真是抱歉啊……」男孩伏在上官申灼的背上，臉還有些蒼白。水鬼的臉本來就沒什麼生氣了，現在更加死氣沉沉。

「你要是真心覺得抱歉，就不會做出那種蠢事了。」東湛堅持要搭遊樂設施時，上官申灼特地向他確認了好幾次，雖然這種結果也不算在意料之外。

上官申灼不怕高，也不怕失重墜落的高速感，陽世的遊樂設施對他而言很無趣，他不過是擔心發生眼下這種狀況才不贊同。

自討苦吃的東湛只能把臉埋在警備隊長的肩膀上。

前方的若輕他們已經進入鬼屋，再過不久就輪到東湛和上官申灼了。

「嘿唷。」東湛自覺休息得夠久了，主動從男人的背上跳下來。

他們隨後便進入了漆黑的鬼屋。這棟鬼屋被設計成迷宮的構造，遊客會在裡面逗留比較長的時間尋找出口，所以園方有進行入場人數控管，確保鬼屋裡的人潮不會過密。

東湛和上官申灼一進去，就看到眼前有三個入口在等著挑戰的遊客。

「我們分開進行……」東湛理所當然地提議。如果又追丟若輕，等於是又浪費了一次搶回身體的機會。

「不行，要是像上次那樣碰到餓鬼怎麼辦？」上官申灼立刻反對。

對喔，這裡也聚集了陰暗，是餓鬼會喜歡藏身的場所。

「別擔心。我保證這次不會再弄掉靈紙了，我貼在很隱密的地方。」

「隱密？」上官申灼微挑一邊眉毛。

「你想要看的話，也不是不行啦……」東湛作勢撩起衣服。

「不，不用了。」上官申灼馬上斷然拒絕，他選了中間的入口，「找到人的話我會想辦法通知你。」

「了解。」

隨後他們便分頭行動。

而另一頭的若輕，居然跟美緒走散了。

天不怕地不怕的美緒，和幾個由工作人員假扮的殺人魔還有吸血鬼拍照留念後，卻被一個不會動的小丑雕像嚇得花容失色。她在驚慌之下放開若輕的手，一溜煙就不知道跑哪去了。

「這個女人可不可以不要給我添麻煩啊。」若輕只能自己找出口離開這裡。

「我好恨啊……真的好恨……還我命來……」這時一名工作人員假扮的女鬼悄悄靠近若輕身後，嘴裡溢出充滿怨念的臺詞。

「說恨，妳有我恨嗎？」

轉過身的瞬間，若輕脫離了東湛的身體，男人便直挺挺地倒在地上。工作人員還搞不清楚是怎麼一回事，突然與充滿恨意的男孩鬼魂四目相接，她先是愣住，隨後爆出一連串驚聲尖叫。

「鬼啊啊啊啊啊啊！」隨後便驚慌失措地跑走了。

若輕立即回到東湛的身體，從地上起身，一臉無趣地咂了咂舌，「從這裡出去之後，我就要回家了。」

另一方面，東湛相當有禮地試著跟工作人員套話。

「不好意思，你有看到一個高高長得還不錯的男生跟一個可愛的女生經過嗎？」

「呃，沒什麼印象耶。」原本拿著電鋸要表演大開殺戒的殺人魔被這麼一問，先是愣了一下，但也回答了問題。

接連問了幾個工作人員都得到相同的答覆後，東湛轉而朝另一條岔路前進。

沒想到剛走沒兩步，迎面就跑來一個長髮飄逸的女鬼。

東湛故作鎮定，安撫自己：更加駭人的都見識過了，這不算什麼。

「呀啊啊！」然而女鬼只是邊高聲尖叫邊以全速衝刺與他擦身而過，不知逃竄到哪去了。

「現在是什麼情況……」東湛定了定心神，決定去前方探探情況。

明明是鬼屋，這一路上竟再也沒遇見半個由工作人員假扮的鬼。男孩繼續往前走，遠遠地看到一個熟悉的後腦勺——

那不是他自己嗎？

正確來說，是若輕。

看來，命運總算再度站在東湛這邊了。

「怎麼能再讓你逃走。」他放輕腳步，悄悄跟在男人身後幾步遠的距離，看準時機準備出手。

現在的東湛能更清楚看到活人身上的三把火，他自己也不知道是怎麼回事。

眼下若輕身旁並沒有其他人，一起進鬼屋的美緒似乎跟他走散了。

東湛逐漸加快步伐，拉近雙方的距離。男人悠閒地走著，絲毫沒察覺後面跟著一個小男孩。

東湛目不轉睛地盯著若輕的肩頭，在心中默默倒數。

男人就快要經過轉角了，那會是最好的時機，他趕忙跟上——有個人影突如其來，從後方粗魯地將他撞開。東湛被撞得莫名其妙，瞥見的臉卻讓他下意識地抓緊對方的衣襬，不讓她繼續往前追上若輕。

「小朋友，你在做什麼？趕快放手。」

這人便是東湛的私生飯。她也出現在這裡，理所當然是跟蹤著若輕來的。私生飯猛力將扯著自己的小手撥開，甚至揚起手要打人。為了閃避女人的攻擊，東湛往後一跳，踢到了附近地上的插頭。

「啪！」地一聲，這一個區塊霎時間沒了燈光，漆黑一片。

東湛的視力一下就適應了黑暗，他猛然想起本來的目的，朝若輕離開的方向追了上去。

想當然爾，鬼屋的出口處沒有對方的身影，他可能已經離開了。幾分鐘過後，大概是有工作人員恢復了電源，但當東湛折回原處時，也不見女人的身影。

「我可沒打算認輸呢。」東湛決定先將私生飯的事情放一邊。

雖然又讓若輕逃跑了，但他還有機會。若輕終究還是要回家的，而那個地方他自然是再熟悉不過了。

めんじゅう　ふくはい

陽奉陰違

第七章

心結

MENJUUFUKUHAI

若輕回到位處高級地段的豪宅時，經紀人已經在家裡等著他了。

經紀人鄭重其事地宣布，「我把你之後幾天的工作都取消了。你就別出門，好好待在屋裡吧。話說回來你剛剛去哪了？」

「我只是去附近的公園散散步。」若輕盡量神色自若地應道，隨後將話題轉回來，「為什麼不能出門？為了八卦緋聞有必要禁足這麼久嗎？」

「那是原因之一。」經紀人從公事包裡拿出一個信封袋，「公司剛才收到了這個，你看看吧。」

見經紀人神祕兮兮的樣子，若輕好奇地打開信封——那是一封恐嚇信。

紙上只有用紅色墨水書寫的寥寥幾行字，字寫得歪七扭八，但仍勉強能辨識。

若輕細看半晌，他才十歲，認得的字有限，又有二十年沒讀書了。反正這封信的重點是，對方想要與東湛同歸於盡，這四個字他還是看得懂的。

等等，同歸於盡？

「東湛是幹了什麼好事？」若輕的臉立即垮了下來，一臉震驚。

「那要問你啊，你做了什麼？」經紀人奉送他一記白眼。

對喔，自己現在可是在東湛的身體裡。但他不是東湛本人，是水鬼若輕，又怎麼會知道呢？

「大人的世界果然很黑暗……」若輕下了個符合十歲小孩感受的結論。

「你現在才知道大人的世界很黑暗嗎？我告訴你，一直都是如此。」經紀人愁眉苦臉地雙手抱胸，「你是不是該給我個解釋，好讓我可以跟公司交代？你不會是對哪個女人始亂終棄吧？」

「怎麼可能……」拜託，他才十歲，沒談過半次戀愛就掛了，哪來什麼始亂終棄？

「還是你跟有夫之婦有什麼不可告人的關係，東窗事發害人家家破人亡。對方要來報復？」經紀人只想到這幾種可能性。

如果真是這樣可就麻煩大了。自家偶像老是占據八卦頭條就算了，連社會新聞都要插上一腳嗎?!這可不是在趕流行啊，老兄。

「才沒有，我是這種人嗎！」若輕氣憤地說，臉漲得通紅。他雖然不知道東湛是不是這種人，但他才不可能做出這種事情！

經紀人的回答卻只有長長的沉默。

空氣在一瞬間凝結，若輕和經紀人無言地大眼瞪小眼。

最後是手機鈴聲打破了這令人難堪的靜默。經紀人看了一眼螢幕，是公司在催他回去。

臨走前他特地交代東湛，「我要回公司開會了。不想死的話，就給我好好待在家裡！三餐你可以叫外送，應該不需要我教你怎麼用手機吧？」

「真的會死掉嗎……」若輕顫著聲音問。

經紀人只是聳了聳肩，「誰知道呢。」隨後便匆忙離去。

房子的大門是密碼鎖，關門就會自動上鎖，毋須擔心有人趁機闖入。但這棟豪宅原本的主人就是例外了。

東湛和上官申灼早些時候趁隙溜了進來，也聽到了方才兩人的對話。如果東湛沒猜錯的話，那封恐嚇信應該跟那個私生飯脫不了關係。

「我到底是招惹了誰啊……」此刻若輕沮喪至極地坐在沙發上發愁。

即便過去二十年的歲月，死亡造成的陰影仍不曾消去。要是他現在這個身體有什麼三長兩短，除了要再次面對死亡，復仇也會失敗。眼下最好的辦法還是先避過這次危機，然後再做打算。

「誰叫你要占據我的身體！」經紀人離開後，東湛也不打算躲躲藏藏，直接現身打算正面對決。

「是誰？」本來就坐立難安的若輕，聽到客廳裡有第二個人說話的聲音，連忙轉過頭去，回過頭的瞬間卻愣住了。

在場除了他還有兩個人，一個是陌生的男人，還有一個是他絕對不會忘記的那張臉。

因為那是他自己。

「你是東湛吧？為什麼會是我的模樣？我是不會把身體還給你的！」若輕在瞬間就明白了對方出現在此的原因。

「你說什麼？那本來就是我的身體！」東湛激動地怒道。

「若輕，陽世本不是你的歸屬。你已經遲了二十年未到陰間報到，應該盡早接受審判。你應該知道，你不可能永遠待在活人的身體裡。靈魂交換的時間一旦拉長，不只是你的靈魂，霸占的身體也會陽氣大傷，最終殞命。」上官申灼面無表情地警告。

「沒錯，就是這樣……」東湛本想幫腔，等意識到上官申灼說了什麼，他不可置信地轉頭問，「你剛剛說什麼？意思是我有可能會死嗎?!」

上官申灼只是瞥了他一眼，沒有回應。

「那我就更不可能放過你了！」東湛震怒，氣勢也變得不同了，「今天一定要讓你交出我的身體！」

他撲到對方身上，死命地拉扯，想要把若輕肩膀上的火拍熄。

「等一下，你們……」上官申灼面露為難。他原本已經拔刀出鞘，但此刻雙方扭打在一起，沒有能夠揮刀介入的空間。

若輕不斷扭動身體，想要把男孩甩下來。他一開始並不明白對方的意圖，等到男孩緊抓他的肩膀，試圖用力拍熄上頭的火，才恍然大悟一個回身，把東湛摔了出去。

在一片混亂中，桌上的紅酒瓶摔了個粉碎，液體和玻璃碎片四濺。兩個人重新拉開距離，隔著桌子對峙。

若輕迅速抓起一塊玻璃碎片，抵在自己的脖頸處。

「別過來！再靠近我就自殺，反正我也沒什麼可失去的，沒命的只有你！」他面色陰沉地看著東湛，高聲威脅。

若輕當然不會乖乖就範。他是為了替妹妹復仇，才不惜鋌而走險，好不容易回到陽世，怎麼可能束手就擒。

「我知道了，你冷靜一點，有話好說啊！」東湛果真被若輕牽制，不再往前半步。

若是原本的身體有個三長兩短，他會被永遠留在陰間的，怎麼可以！

「我跟你沒什麼好說的。我知道不可能一直占用你的身體，但我是有苦衷的，再給我一點時間！」若輕咬緊牙關，話語間透露出莫可奈何的憤怒與悲傷。

「是什麼讓你放不下？」上官申灼問道。

通常牽掛未了的亡魂都會試圖回到陽世，若輕的心願想必相當強烈，甚至超過自身所能乘載的程度。

「我必須要查清楚我妹妹當年死亡的真正原因。」若輕依然把玻璃碎片抵在脖子上。

「妹妹？」上官申灼聞言，召喚出生死簿。

生死簿不斷自動翻頁，最後停留在正確那一頁。

「紀錄顯示，你是在二十年前溺水身亡。你是有個妹妹，但妹妹的死跟你又有什麼關聯？」

「你不懂……你們為什麼就是不懂……」若輕低低地喃喃自語。

一直以來拚命壓抑的情緒快要將他擊潰了，若輕只是個十歲的孩子，卻被迫承受太多超越年齡的苦難與悲痛。

原本他還有他的妹妹，在這個世界上與自己最緊密相聯的存在。即使自己死了，藉由雙胞胎之間的神祕聯繫，他也能朦朧地感受到妹妹的存在。在深山寒潭的無盡孤獨中，這是他唯一的心靈支柱。

若輕的雙胞胎妹妹和他不一樣，從小就很開朗，也很獨立自主。她才小小年紀就懂得照顧身旁的人，就連比她年長的人也不例外。

她不會做出讓大人擔心的舉動，也不會意氣用事。總歸說來，她既真誠又堅強，乖巧又體貼，是所有人都會喜歡的那種好孩子。

這樣美好的存在，卻被殘忍地奪走了。他不能理解，也無法原諒。

「你不說出來，就永不會有人理解。」東湛平靜地看著若輕，語氣就像和朋友說話般輕鬆自然，「我們會聽你的故事的，你不是說有苦衷嗎？」

「我、我有一個雙胞胎妹妹……」見到東湛真誠的眼神，若輕僵了僵，終於軟化了敵意，將事情的緣由娓娓道來。

「你們相信雙胞胎的心電感應嗎？在十二年前的某天，我忽然感覺到強烈的痛苦，同時有一段畫面流入腦海，就像自己的記憶一樣鮮明，至今揮之不散。那是我妹妹受了委屈，最後選擇在青春年華結束自己生命的哭喊。我怎麼樣都無法原諒害她變成那樣的人！」若輕忍住哭泣的衝動，咬著牙道出始末。

「所以，你妹妹的死因是自殺？」

飄浮在半空中的生死簿感應到上官申灼的心緒，震動了一下，快速地再度翻頁。它攤開新的頁面，這是在陰間徘徊的鬼魂的名單。

「你的妹妹是不是叫做若茵？」上官申灼問道。

「對，就是這個名字。若茵她現在過得如何？」聽到妹妹的名字，若輕瞬間又激動了起來。

「她還在陰間，實際情況不得而知，但通常自殺之魂都要受盡磨難，才能重新進入輪迴。」上官申灼也沒有隱瞞。隱瞞對現況沒有好處，還不如實話實說。

「若茵，妳為什麼那麼傻呢……」若輕像是早有預感，沒有太震驚的模樣。他一臉哀傷，眼淚一顆顆落下，「都怪我沒能保護若茵，她才會死得不明不白，含恨而終。但早夭的我如今又能做什麼呢？我只想替妹妹討回公道，算是了卻這一生唯一的心願。」

「不惜付出慘痛的代價？」上官申灼又問。從他毫無起伏的語氣，無法猜測所謂的代價會有多大。

「我這一生也就這樣了，你以為我還會在乎什麼嗎？」想到妹妹的悲慘遭遇，若輕不由得失笑。

東湛這才總算明白若輕以身犯險也要捉交替的苦衷，內心對他的不諒解也慢慢慢消散。見到這麼可憐的孩子，儘管被對方害得很慘，他還是動了惻隱之心，這就是所謂的良知吧。

但他也幫不上什麼，只能袖手旁觀……等等，或許有解決的方法，不是還有上官申灼嗎？

「如果弄清楚你妹妹的冤屈，你就會把身體還給我了吧？」東湛試探性地詢問。

「那是當然的，」若輕已經放下玻璃碎片，看起來悲傷又無助，「到時候我對陽世就沒有牽掛了。」

「好，我們答應你，絕對會讓當年的真相水落石出。」東湛沒有多加思索便給出了承諾。

「真的嗎？」若輕喜出望外，「非常……感謝你們。」

上官申灼不可置信地看著東湛，「你知不知道你剛才犯了嚴重的錯誤？」

「欸？」東湛不解，他剛剛有做什麼嗎？

「你不該給予承諾，即便只是口頭上。」上官申灼的眉頭深鎖。

「有什麼關係，我們就幫幫若輕啊。」

「在陰間有條不成文的規定，無論多小的承諾都不能輕言許出。因為背信的人無論事大事小，死後都會被打入地獄。」上官申灼淡淡地說道。

「有這種事情?!我、我真的不知道。」東湛為自己剛才一時的心直口快懊惱地垂下腦袋。

但想想後悔也無濟於事，他不過是想要幫助對方，被打入地獄就被打入地獄吧。他東湛就算害怕也不會輕易低頭，他可是要成大事的大明星啊！怎麼會隨隨便便就退縮呢。

東湛忽然想起小孟曾說過，地獄有分很多層，每個人在一生中都犯過無數大大小小的罪，即便有些罪不至於到為惡，但也足以讓人死後被打入地獄。

不知道罄竹難書這個成語是不是這樣來的，人類果然是很複雜的生物，有時候連他這種見過世面的人都搞不懂。

「審判廳是不是喜歡動不動就把人打入地獄啊……」東湛一臉認真地問道。

上官申灼無言地回眸望著他。

「不過，你不是陰間警備隊的隊長嗎？」東湛隨即話鋒一轉，「這麼厲害的組織，這點小事應該難不倒你才對。」句末用的是肯定型。要是連上官申灼也靠不住的話，他也不知道該拜託誰了。

上官申灼嘆了口氣，確實，他不能算是沒有辦法。

「你應該知道些什麼才對吧？」他冰冷的視線掃向若輕。

驀然被指名的若輕僵住身子，只能支吾其詞。

「你應該知道誰是凶手。」上官申灼替他道出說不出口的話。

「咦?!為什麼不早說？」東湛驚訝不已。

事情的發展忽然急轉直下，令人措手不急。才答應要找到凶手，真相就要水落石出了嗎？上官申灼的辦事效率會不會太迅速了點啊？

「都是那個死小鬼出來搗亂！」女子拖著腳步進門，脫下方才被東湛扯得皺巴巴的外套，在電腦前坐下。

這個小房間是她特意租借的祕密空間，只有簡單的擺設和一臺電腦。女子直直瞪著螢幕上許久沒有改變的畫面，那是為了記錄某位明星行程所架設的網站。雖然已經有一陣子不曾更新，但她並沒有放棄跟蹤的行為。

「這是東湛你欠我的。」女子改以更加瘋狂的方式接近偶像，意圖使對方感受到生命威脅。

這名私生飯將自己的網路用戶名稱取做 Camellia，在圈內都用這個暱稱與人交流。她最近在討論板接連發表了好幾篇關於東湛的惡評，當然大都是不實的指控，甚至是捏造的假情報。

「明明我是你的茶花啊……」

這又是一個由愛生恨的故事。自從東湛出道以來，Camellia 便一直以頭號粉絲自居，只要是東湛出席的活動，她都從不缺席。

但光是這樣還不足以表達對偶像的愛，她拋棄了工作、感情、社交，以及所有的日常生活，幾乎二十四小時全天候守著這個人。

女子原本不是這樣不守規矩的粉絲，一切都起於東湛在一次見面會對她說過的話。

「你說過只會愛我一個人……為什麼……」

東湛給了女子承諾，而她也全心全意地相信著。直到新聞媒體版面充斥著他與美緒戀愛的消息，她這份愛意隨即扭曲得無以復加。

愛昇華成了恨，最後變成了殺意。

Camellia 決定用行動表示，背叛她不會有什麼好下場，她要東湛不得好死。

她精心策劃了這場報復行動，「親筆恐嚇信已經寄出了，接下來……」

女子臉上出現久違的笑容，滿足地看著手邊的成果，笑意漸漸加深。

那是一顆樣式簡陋的自製簡易炸彈，雖然只是土法煉鋼的產物，但威力不容小覷。

「我們很快就會永遠在一起了……」只要引爆，她就可以跟心愛的男人永不分離。

「什麼？就是美緒嗎？」東湛大驚失色。

他們剛從若輕口中得知，美緒極有可能就是當年害她妹妹自殺的幕後黑手。

「不如這樣吧，有辦法把她叫到這裡來嗎？」為了釐清真相，東湛提議讓美緒來這裡和若輕當面對峙。

在東湛的指導下，若輕立刻聯絡美緒，約她來自宅見面。而上官申灼決定先回陰間一趟，取得能夠讓美緒吐實的道具。

「租借室有提供一種特殊的線香。只要聞到那香的味道，無論是藏多深的祕密都只能老實招供。」

這線香通常用在審判聽審問的時候，如果判官懷疑鬼魂對前世過往有所隱瞞，便會用這香逼迫吐實。一般不會讓陰間刑務警備隊使用，但既然現下情況特殊，即便是奉公守法的上官申灼也只好破例一回。

寬闊的豪宅內頓時只剩下東湛和若輕。

「你是不是欺騙過粉絲的感情啊？」若輕忽然想起那封恐嚇信，一個弄不好的話，代替對方受罪的就會是他耶。

「什麼？我才不是這種人。」東湛立刻澄清，「我可是生來就是要做偶像的天才，怎麼可能沒有職業道德。偶像的形象是生命，所有的粉絲都是我的戀人。」

「好扯……」才十歲的若輕當然不能理解東湛的想法。有好幾千個、好幾萬個，甚至更多的戀人，對他來說簡直是驚世駭俗。

「你才是吧！就算想接近美緒，也用不著使出色誘這種偏激的方法。別忘了你損毀的可是我的形象耶！」

「所以談戀愛是偶像不能做的事情囉？」若輕天真地問道。

「廢話，經紀人沒告訴你嗎？我的合約可是有禁止戀愛條款的！」東湛抱頭慘叫，他的一世英明就這麼被這小鬼毀了。

「難怪經紀人說要我賠償違約金，還說公司有可能冷凍我，看來不是隨便說說囉？」眼前的若輕顯然渾然不覺這件事的嚴重性，說得一派輕鬆。

「你這個——」東湛咬牙切齒。

「哈哈，我以為是經紀人只是嚇嚇我的。」若輕聳聳肩，一副事不關己的樣子。

「混帳小鬼！」原本還覺得若輕這孩子挺可憐的，現在這種想法已經全都煙消雲散了。

東湛有種想要痛揍對方的衝動，而他也這麼做了，只是若輕身體的小小拳頭打在青年身上絲毫沒有威脅，他的攻擊被對方輕鬆擋下。

「你們在做什麼？」耳邊傳來冷淡的詢問，東湛立即抬頭一看，上官申灼回來了。

「沒什麼。」男孩隨即停止跟若輕的對決。

上官申灼環顧豪宅的構造後，以下巴示意兩人跟著他進入客廳旁的房間。

他們聽從策上官申灼的指示，開始布置審問的空間。

「現在先在房裡點燃線香，過不久香的效果就會充滿整個房間。」上官申灼找來了個菸灰缸，在上頭點燃了線香。線香的外表看起來與陽世一般的線香無異。

東湛接著指示，「美緒進屋後就引她進來，等她吸入足夠的香味後，若輕就開始提問。」這樣就能一步步揭開當年的真相。

「真的沒問題嗎？」若輕不安地看著兩人，事到如今他反倒猶疑了起來。

「就算我不可靠，有上官申灼在就一定沒問題的！」給予若輕信心的人是東湛，他隨後又補上一句，「而且答應你的事沒做到的話，我可是會下地獄的。」

「呃，抱歉。」此時此刻，若輕不禁開始覺得有些內疚。

「你只要把身體還給我就好了。」東湛擺擺手。

「等事情解決之後，我一定會把身體還你的。」若輕連忙說道。

一旁始終沒出聲的上官申灼則是被另一件事困擾著。方才東湛撲上去想拍熄若輕肩上火的動作，似乎代表著他能清楚看見活人身上的三把火。

他還是頭一回遇到這樣的人，就連身為專業人士的他也無法輕易做到。眼前這人到底是什麼來頭？

「叮咚——」門鈴的響聲打斷了三人各自的思緒。

主角美緒終於登場，是時候該上演齣好戲了。若輕連忙前去迎接，上官申灼和東湛則躲在房內的衣物間裡。

「好緊張啊。」大門外的美緒自言自語。

美緒是瞞著姐姐偷溜出來的，她不敢相信白天才見過面的東湛，竟然邀請她到自己的豪宅。

見到前來開門的東湛，她不禁痴痴傻笑，「看到東湛先生的訊息，我立刻就來了。」

看起來戀愛經驗豐富的美緒，其實是第一次獨自到男生家中作客。

她雖然從小就很受男孩子歡迎，但一直是單身。美緒自認只不過是誠實展現真實的自我而已，為什麼每次都因此在曖昧期便無疾而終呢？

「哇，東湛先生家果然好氣派呀。」她從進門便忍不住左顧右盼。

美緒覺得東湛跟以往認識的男性都不同，不但接納她比較不文靜的興趣，也能容忍她的任性。

「能見到東湛先生我真的很開心。」美緒止不住興奮之情，這是她的真心話。

「要不要來我放收藏品的房間參觀？」若輕照之前安排好的，藉故邀請美緒進到房間。

「好啊！我也想看看東湛先生的美術品。」美緒不認為東湛會是那樣輕浮的對象，不假思索便答應了。

兩人來到設好陷阱的房間，這時房內已經白煙繚繞，充滿了香的味道，有種讓人置身仙境的錯覺。美緒誤以為這是對方給她的驚喜，開心地笑了。

「這是什麼味道？好香，感覺好有異國情調啊！」

「奏效了嗎？」從衣物間門縫偷看的東湛，看不出美緒的表請有什麼特別的變化，好奇地追問一旁的上官申灼。

「不知道。」上官申灼語帶保留，線香生效的時間因人而異，但通常都不需要太久。

美緒話匣子一旦打開就很難停下，她自顧自地走到沙發坐下。

「沙發也好軟啊，這也是東湛先生的收藏品嗎……」她的話聲漸漸減弱，尾音變得虛無縹緲，最後完全住口。

美緒坐得直挺挺的，雙手擱在膝上，目光愣愣地望著遠方某一個點，就這樣呈現彷佛定格的狀態。

上官申灼和東湛見狀立即踏出衣物間，看來是時候了。

若輕這時卻急了，「我應該問什麼？」害怕知道真相的焦慮讓他一時心亂如麻。

「什麼都可以。」上官申灼的嗓音仍舊冷靜自持，彷彿什麼都無法擾亂他的步調。

「那……美緒妳今天中午吃了什麼？」若輕一時之間只想到毫不相干的問題。

「今天是人家期待很久的咖哩飯，姐姐親手做的。」女孩以平板的聲調回答。說完後嘴立即闔上，像是需要接受指令才會開口的人偶。

「不是叫你問她吃什麼這種事情啦！」東湛忍不住翻白眼。

「對不起，我很沒用……」若輕泫然欲泣，他偏偏在此時終於崩潰了。

「妳認識若茵嗎？」最後還是由上官申灼親自上陣。時間有限，等香的味道散了之後，當事人很快就會恢復神智。

「……」美緒沒有答話。

「妳是不是曾經害死過人？」上官申灼又問。

「……」她沒有反應。

「或者間接造成某個人的死亡？」他換了提問的方向。

淚。

「……」還是一片沉默，美緒沒有任何反應。

接連拋出三個問題，都沒有得到他們想要的回答。

「為什麼都不說話？是因為她不記得了嗎？」若輕露出慌亂的表情，眼角泛

淚。

「不。」上官申灼卻斷然否定，「即便本人不記得，只要記憶深處確有此事的話，香都能發揮作用。」

「所以她是根本不知道吧。」東湛接口說道。他忽然發現一個他們忽略了的問題，「你說那是十二年前發生的事情，美緒怎樣看也才二十出頭，她跟若茵應該不是同世代的人。」

「可、可是……」若輕一句話都答不出來。那張臉明明跟記憶中如此相似，難道他真的是認錯人了？但他無法相信世上竟有長得這般相像的兩個人。

「或許只能另尋他法……」上官申灼的話還沒說完，客廳方向突然傳來了震耳欲聾的一聲爆炸聲響。

爆炸的威力連牆壁都為之晃動，三人錯愕地跑出房門查看。只見客廳煙霧瀰

漫，傢俱擺設全被炸得稀巴爛，所見之處一片狼藉。

他們尚未反應過來，窗外的草坪又落下了第二顆炸彈。

「小心！」炸彈再一次引爆的當下，上官申灼拉起還在發愣的另外兩人，撲向附近的遮蔽物。

「咳咳咳！」爆炸引起的碎屑朝四周噴發，一時間塵埃四起，嗆得唯一是活人身體的若輕猛然咳嗽起來。

然後又是第三顆炸彈「碰！」地引爆。空氣中充滿了火藥的煙硝味，這回連牆壁都被炸出個大窟窿，石灰如暴風雨般揚起。三人為了閃避，都受了點皮肉傷。

他們在掩體後等了一陣子，直到客廳沒有再傳來任何爆炸聲響。

「結束了嗎……」東湛探出頭，艱難地起身。

他小心翼翼地回到客廳，現場並沒有任何可疑人物的身影，然而視線所及之處全是殘破的瓦礫。

「哇啊，根本全毀了。」自己寶貝的豪宅被炸得滿目瘡痍，證實方才的襲擊並非幻覺，東湛唉聲嘆氣，「我到底是惹到誰了。」

他腦中忽然閃過一個糟糕的念頭，「果然是那個女的嗎？」肯定全是那個私生飯下的手！

「美緒有危險了！」東湛迅速轉過身，越過上官申灼和若輕跑回房間。但是房間裡什麼都沒有，餘香早已消融在空氣中，也不見美緒的蹤跡。

這是調虎離山之計——那女子趁著他們忙於應付炸彈攻擊時，從別處入侵屋內，趁隙帶走了美緒。

「不趕快找到美緒的話，她可能會有生命危險。」上官申灼冷靜地分析情勢。即便在這種危急的時刻，他的語調仍不見任何起伏。

めんじゅう　ふくはい

陽奉陰違

第八章

水到渠成

MENJUUFUKUHAI

知名偶像東湛住家遭受不明人士襲擊……警方初步研判……

……同為知名偶像的美緒行蹤成謎。

靈通的新聞媒體很快便掌握了消息，不論電視還是網路新聞都鋪天蓋地報導著這起事件。焦點大都放在美緒從東湛的豪宅被擄走，尚未尋獲一事，這更加坐實了兩人在交往的傳聞，引起社會大眾議論紛紛。

「全都退後！閒雜人等請勿在此聚集！」警察已經迅速拉起封鎖線，驅離在東湛豪宅外聚集的好事圍觀民眾和媒體，同時有大批的鑑識人員來回忙著蒐證。

「我堂堂東湛以後還要混嗎……」東湛頹喪地和上官申灼站在屋內的一角，他現在大概是全世界最出名的男人了。

他們已經除下靈紙，沒有靈紙就沒有在陽世現形的能力，一般人無法以肉眼看見他們。

若輕跟東湛的經紀人正在接受盤問，現場人來人往一片混亂。在警察眼中看來，這起案件是實為若輕的東湛在家遭到襲擊，然後發生後續的美緒綁架事件。

警方好不容易結束問話，若輕癱坐在客廳裡少數還能坐的椅子上。

「還真的上社會新聞版面了。」沒想到經紀人竟真的一語成讖，若輕怎樣也沒料到自己會真的引發社會事件。雖然是以東湛的身分，但他依然脫不了關係。

這時有一名身材玲瓏有緻的女人，極有魄力地踩著高跟鞋出現在若輕面前。

「你就是東湛吧。」她就是美緒的經紀人，同時也是她親姐姐的美繪。

「呃，是。」若輕不確定地點頭，現在他是真的家喻戶曉了，更何況對方還是美緒的經紀人。

「很好，這是你欠我們的。」美繪刻意嬌柔地笑了一下，然後殺意迸現，狠狠地抬腳將鞋跟刺進若輕的腳背，用力到鞋跟都陷進了肉裡。

美繪指著若輕的鼻子，「要不是因為你，美緒也不會陷入危險！」她連珠炮似地繼續責備，「她要是有三長兩短你能負責嗎？說話啊！」

她本來就不贊成兩人交往，也不懂妹妹到底喜歡這細皮嫩肉的小鮮肉哪一點。說白了點，她對東湛沒有絲毫好感。

若輕臉色發白，整張臉扭曲在一起，劇烈的痛楚讓他已經叫不出聲來了。

「看起來很痛呢。」見到這一幕，上官申灼轉頭望向身體的主人。

「不要對著我說啦！」東湛心疼地咬著指甲，那可是他寶貴的身體啊，「搞不好鞋子裡面已經血流如注了。那個可惡的女人，絕對是惡鬼轉世！」

「惡鬼沒有投胎轉世的資格。」上官申灼實事求是地回答。

「我知道啦，讓我說一下不行嗎？」東湛惡狠狠地瞪著美繪，都快要將她瞪出個洞來，可惜對方毫無所覺。

若輕百口莫辯，確實是他的責任。要不是若輕把美緒叫來，她也不會遭遇此劫。

「美繪小姐，警察已經出面處理了，妳要出氣也該找綁架妳妹妹的犯人……」東湛的經紀人出面打圓場。他責備自家藝人是一回事，怎麼可能讓區區別家小公司的人侵門踏戶，當然要出手維護他們的金字招牌明星。

「給我閉嘴！你這死禿子！」還在氣頭上的美繪盛氣凌人，絲毫不在乎業界的利害關係。

「妳說什麼?!」中年男子大受打擊，「我只不過是髮際線高了點！」

「頂上無毛四個字聽不懂嗎，阿——伯——」美繪拉長尾音。

「就說沒有禿頭了，妳好殘忍，嗚嗚嗚⋯⋯」經紀人已經明顯敗下陣來。

周圍都是警察還有鑑識人員。東湛偷偷拉了拉若輕的衣袖，他們趁著無人注意之際，退到附近的房間裡。房裡沒有其他人，剛好可以做為談話的場所。

「一定是那封恐嚇信，你究竟做了什麼？」若輕已經慌得語無倫次，東湛心裡也不好受。

「我什麼都沒做，」東湛告訴若輕，「但我知道誰是犯人。」

「欸？」

「是一個騷擾我很久的私生飯。這種人做什麼都不需要理由，犯人已經走火入魔了。」

若輕不能理解地側過頭，思索片刻，「什麼是私生飯？」

東湛無奈地扶額嘆氣，將早先向上官申灼說明過的內容重複了一遍。

「所以她是個得不到你，就想要毀掉你的粉絲？」幸好若輕理解得很快。

「簡單來講是這樣沒錯。」

「⋯⋯那我們現在應該要怎麼對付這個瘋狂粉絲？」

「對方綁走美緒不一定是打算殺害她，很可能是想要獲得籌碼。」上官申灼分析。

「籌碼？」東湛和若輕異口同聲問道。

「透過網路。」犯人綁架美緒的目的，便是藉由陽世的高科技產物引起注意，「或許網路上會有犯案聲明。」

既然犯人的目的是想要跟東湛同歸於盡並昭告天下，那自然要先引出目標，讓他確實成為自己的囊中物。

「我的手機呢？」聞言，東湛問若輕。

被這麼一問，若輕才發覺手機似乎不在身上。他胡亂地四處找了一陣，才發現手機正好在不遠處的桌上，趕緊鍵入密碼解鎖，以關鍵字搜尋相關情報。看著對方熟練地使用自己手機的模樣，東湛默默想著等要回身體，第一件要做的事就是改掉手機密碼。

「有了，你們看！」若輕拿著手機激動地喊叫，將影片放大到全螢幕尺寸。

東湛和上官申灼趕緊湊上前細看。犯人比他們設想的更激進，竟然開起線上直播。

「這女人現在在我手裡。」犯人正在開車的樣子，鏡頭上下晃動，窗外的景色飛快地掠過。她把鏡頭對著後座的人質，美緒無力地靠在椅背上，似乎沒有意識。

就在這時候，美繪突然闖了進來。她擺脫了東湛的經紀人，正打算繼續對若輕發難，卻注意到了若輕手機的畫面。

「美緒！」美繪一把搶過手機，她心碎地盯著直播，仍然難以接受妹妹真的被人綁架了。

直播觀看人數在短時間內急速飆升，眼下已經快要破萬。

犯人已經達到第一步目的——吸引眾人目光了。

「要我放了美緒可以，但東湛必須親自前來見我，一命換一命。」

鏡頭重新轉正，正對犯人樣貌清秀的臉，這名暱稱為Camellia的私生飯看起來年齡約莫二十五歲左右。

「接下來是捉迷藏的時間了。如果沒有在日落前來見我，美緒就得死。」她畢竟不是直播的專業人士，鏡頭和聲音都有些模糊。

「提示是，茶花。」語畢，她迅速切斷連線，直播結束了。

「你知道剛剛的提示是什麼意思嗎？」美繪激動地質問若輕。

此刻東湛身體裡的人是若輕，怎麼可能有答案，他連 Camellia 這個字是茶花的意思都不清楚。他搖了搖頭，惹得美繪又是一陣抓狂，再次被罵得狗血淋頭。

若輕開始覺得，偶像不是人做的工作。要是還有下輩子的話，他絕對只要當普通的平凡人！

「就是因為你，美緒才會遇到這種倒楣事，還敢說不知道？這一切不就是因你而起嗎？對方也是衝著你來的！」

就算美繪怒氣沖沖地逼問，若輕也只能低頭不語，半句話都答不上來。

看到男人畏畏縮縮的樣子，美繪就更加火大。她不是只會歇斯底里大吵大鬧的人，雖然眼下已經發了一頓脾氣，但這麼做對救出妹妹沒有幫助。

不過她也沒打算就此退讓，「你還不趕快想想答案！如果美緒真有個什麼萬一，我一輩子跟你沒完沒了！」美繪板著臉說道。

若輕苦著一張臉，小小聲地說，「我只是個小孩……」

「都多大的人了，還說自己是孩子？」美繪不可置信地吹鬍子瞪眼。

若輕小小地「哼」了聲，「人家才十歲。」

「說謊話也要有個限度！」不敢置信會有人為了開脫責任扯這種謊。

「我才沒有！」若輕已經忘記自己還在大人的身體裡，鬧起脾氣。

就在若輕跟美繪吵得不可開交的時候，望著兩人的東湛忽然靈機一動，他趕緊向上官申灼說，「線香還有嗎？」

上官申灼謹慎地點了點頭，「你也注意到了嗎。」

兩人交換了個心照不宣的眼神，默契十足地相互點頭。

悄悄燃起了香，不多時，空間再度盈滿了淡淡的清香味。原本正在爭執不休的美繪突然整個人定住了，目光毫無焦距，迷茫地望向遠方，如同方才的美緒一樣，像是一具沒有自主意識的人偶。

「別慌張，趕緊問問題吧。」上官申灼指示。

若輕雖然感到困惑，還是照著男人的話做了。他靜下心來思索了片刻，「妳認識若茵嗎？」

「認識。」幾乎是下一秒，美緒聲調平板地回答。

中獎了，三人彼此相覷。若輕趕緊再拋出幾個問題，「妳們是什麼關係？」

「高中同學，若茵是我最好的朋友。」是個令人意外的答案。

「妳知道若茵為什麼自殺嗎？」美繪先是沉默不語，才緩緩地點頭。

若輕難掩激動的情緒，「妳知道是誰害死她的嗎？」

他急迫地想知道真相，然而美繪卻只是靜靜地淌下清透的兩行淚。

「這是什麼意思？」若輕錯愕不已，東湛也摸不著頭緒。

上官申灼直覺這必然有什麼隱情，平靜地催促，「把妳知道的都說出來吧，這是唯一獲得救贖的辦法。」

這話像是觸動了美繪深處最柔軟的內心，她的情緒忽然激動起來，胸膛因呼吸急促而劇烈地上下起伏。她緊緊地握住拳頭，過了一會，以緩慢的語調揭露真相……

八年前——

高三是所有學生最繁忙、也是課業最重的時候。大家無不埋頭在書海中，想要取得好成績考上好大學，朝著自己的理想邁進。

若茵一直是班上名列前茅的優等生，但美繪的成績就沒那麼好了，無論怎麼努力始終落在不上不下的排名。

「或許我以後的人生，就會跟這成績一樣吧。」美繪忍不住想，中庸之道大概就是她未來的寫照。

「無論怎麼努力，辦不到就是辦不到……」她不禁認為，天資聰穎的人永遠會領先在前，而自己這種注定一事無成的人就算努力也沒有用。

若茵時常鼓勵美繪，「沒有這回事，只要有不懂的地方我都會教妳。」

她總是陪著美繪讀書，然而美繪只覺得自己拖累了對方，感到很是羞愧。有天臨時要小考，走投無路的美繪為了讓自己過關，決定使出下下策。

「美繪，妳在做什麼？」若茵發現好友鬼鬼祟祟的模樣，眼尖地察覺出不對勁。

「沒、沒什麼啦，妳考前也還是複習一下比較保險吧。」

若茵發覺美繪想支開她，「妳該不會想作弊吧？」

「……」美繪的沉默說明了一切，她迅速將小抄藏在鉛筆盒內側。

「妳知道作弊代表什麼吧？難道妳想活在愧疚裡嗎……」若茵好言相勸，想阻止她犯錯。

美繪激動了起來，「妳成績好，所有人都喜歡妳！但我只是個什麼都不行的普通人。妳一直裝好心關心我，其實只是怕我贏過妳而已。」

她惱羞成怒，儘管其實是違心之論，她還是任由自己發洩積怨已久的不滿。

若茵愣住了，她們每次吵架都會很快和好，但這回似乎有些不同。

若茵的臉色凝重，「原來妳一直都是這樣看我的。」

「是又怎麼樣。」美繪想道歉，但話到嘴邊卻變成賭氣。

「我跟妳無話可說了。」若茵冷漠地扔下這句話，隨即轉頭離去。

隨堂考時美繪表現得戰戰兢兢，深怕不小心露出馬腳，但她竟順利瞞過了老師的眼睛，連自己都感到有些不可思議。考試成績雖然只是低空飛過，但總算沒有不及格。

自從那之後，美繪跟若茵之間逐漸產生了隔閡，再也沒說過半句話了。

「若茵……」雖然內心不免有些愧疚，但美繪佯裝不在乎。食髓知味的她，在那之後只要是沒把握能及格小考，都會靠作弊取勝。

但小把戲終究還是失靈了，有次美繪不小心把小抄落在了地上。

「這是誰的？勇於承認不可恥。」老師拾起了小抄，當眾詢問。想當然爾不會有人承認，美繪自己也不可能。

要是被發現了，這個汙點會一直跟著她……她不想要變成那樣！

老師輪番質問在座的同學，當來到了若茵座位旁時，她意味深長地看了美繪一眼。

老師注意到若茵的視線，「是美繪嗎？」他核對了美繪的考卷與小抄上的字跡，這下真相大白了。

美繪最擔心的事情還是發生了。她作弊的事被昭告天下，除了校規處罰之外，自然少不了長輩的責備，甚至因此被同學排擠。無地自容的美繪不禁認為，這全都是因為若茵出賣了她。

「都是妳害的！」某天放學後，美繪叫住若茵。

若茵當然明白美繪覺得受到了背叛，「與其把心思花在這種事情上，還不如認真念書。」

她是真心替朋友著想，但這份好意卻被美繪曲解了。

「我的事不用妳管！」在美繪看來，對方不過是想看她丟臉。既然人生都毀了，那她也要在別人的人生留下汙點。

聽說若茵看起來一副好學生的模樣，但其實手腳不乾淨……

若茵的成績，都是靠討好老師得來的……

美繪以匿名的方式，不斷在學校裡散布關於若茵的不實傳聞。儘管流言鬧得沸沸揚揚，但若茵也算是個人緣好的風雲人物，這種小事沒幾個人相信。

偏偏這時候學校頻傳失竊案，甚至有同學丟了裝有五千元的錢包。在校方清查之下，竟然在若茵的置物櫃裡發現被害人的錢包。

「難道那些傳聞都是真的嗎?!」大家雖然不可置信，但紛紛對這名資優生表示失望。

當然，這從頭到尾都是美繪故意陷害若茵，想讓她也嘗嘗被眾人撻伐的滋味。之後出現更誇張的流言蜚語，在學校裡不斷口耳相傳。最後，若茵在絕望之餘，從高處躍下，結束了花樣年華的生命。

美繪就是這起悲劇的元凶。

若輕沒想到妹妹是這樣被逼得走上絕路。

「為什麼死的不是妳？妳憑什麼毀了我妹妹的人生，我要殺死妳！」若輕一時激動，想殺了美繪報仇，卻被上官申灼一把攔下。

「如果你在陽世殺人，很可能會轉化成怨靈。屆時被判的罪更會加重，你也想進入地獄嘗嘗萬劫不復的滋味嗎？」

「我……」若輕黯然地垂首不語，模樣看起相當來悽慘。他不過是想為妹妹報仇，這世界對他妹妹也太不公平了……

「現在當務之急是要救人。」上官申灼轉向仍受到控制的美繪，一個彈指後，她立刻恢復神智。

「你們是誰！」美繪看到了利用靈紙再度現身的上官申灼與東湛。

上官申灼沒有說明自己的身分，「美緒會遭遇危機是因妳所致。因果循環，妳自己種下了因，理當承受苦果。」

這充滿玄機的一席話，在旁人聽來肯定一頭霧水，但美繪知道對方在說什麼。

「這一天還是來了啊。」這麼多年過去了，就像若茵說的那樣，她一直活在愧疚裡。

「我該怎麼贖罪呢？」美繪抬起滿是悔恨的臉，止不住顫抖地詢問。

「為了讓若茵可以投胎轉世，妳願意死後在地獄受盡磨難嗎？」

「地、地獄？」事到臨頭，美繪還是退縮了，她果然還是不想下地獄。

這樣的人上官申灼見多了，總是冠冕堂皇地說著大話，卻害怕真正地面對責罰。

「因為妳，若茵在陰間徘徊了十二年，妳打算讓她永不得投胎轉世嗎？」

「……我明白了。」美繪知道若不誠心懺悔，連美緒也無法得救。她深呼吸，重新定下了決心，「我願意背負罪孽，在死後下地獄。」

「還有，妳應該向亡者的家屬道歉。」上官申灼指向若輕，「他是若茵在孩提時因意外亡故的哥哥，若輕。」

那一瞬間，美繪看見了。眼前的不是挺拔帥氣的東湛，而是隱藏其中的小男孩，正神情哀戚地注視著她。

美繪把腰彎到不能再低，最後乾脆跪了下去，真心誠意奉上遲來的道歉，「對不起，都是我的錯。」

若輕只是默默地看著伏在地上，泣不成聲的美繪。他一時半刻之間還無法放下仇恨，但也不再多說什麼了。

既然釐清了過去的真相，當務之急就是救出美緒了。上官申灼藉故支開美繪，和東湛及若輕繼續討論對策。

「你有什麼想法嗎？」上官申灼問東湛。

他從方才便一直沒出聲，絞盡腦汁思索茶花的含意。

「茶花的其中一個花語是真愛。」東湛答非所問地開口。他腦海中逐漸理出一些脈絡，再差一點點就快要解開了，既然是真愛的話……

啊，他終於想起來了。

幾年前，東湛曾在一場見面會上，看到了路旁盛開的茶花而靈機一動。

「我心愛的人啊，妳是我的真愛，願我們永不分離。」身為偶像，嘴甜是必要的，這番臺詞頓時使臺下的粉絲們心花怒放。

對他來說，每位粉絲都是他的戀人，約定要一直在一起也就只是常態說詞。所以那個私生飯是把這些話當真了？於是認為他沒有履行約定，就打算報復嗎？

當年那場見面會的場地鄰近一條盛開著茶花的巷子，但街名他已經忘記了。這會是 Camellia 指定的地點嗎？他趕緊把情報傳遞出去。

「那個地方在哪裡，你完全沒有印象嗎？」上官申灼問道。

東湛抱歉地承認，「行程都是公司安排的，真的一點印象都沒有。」

男孩搔搔頭，他每天的行程都排得滿滿滿，不用說當然是經紀人全權處理。

此刻經紀人還在客廳接受警察調查，東湛當然不可能頂著若輕的外型走出去，自稱是大明星東湛吧。

上官申灼嘆了口氣，召喚出銅鏡造型的通話器，要另一頭的人立刻調查東湛所說的地點。東湛認得那聲音的主人，是墨氏兄弟的哥哥。

「這樣有辦法找到嗎？這幾年市容有更新過，誰知道那幾株茶花還在不在原處……」男孩焦急了起來。

「你沒有自信嗎？」上官申灼轉過頭看著東湛。他微微揚起眉，嘴角略微上揚，「請不要忘記我們的身分。」

他的口氣不容置疑，「我們是陰間刑務警備隊，你只要信任我們就可以了。」

那是東湛第一次見到男人露出帶有驕傲的自信。陰間刑務警備隊……到底是怎麼樣的組織？

「你是出於什麼樣的理由加入警備隊的呢？」雖然場合好像不大合適，但東湛老早就想問了，基於他自己也不是很清楚的理由。

上官申灼的表情變回淡漠，不含一絲情感地說道，「贖罪。」

「阿徹，聽到了嗎？」剛才與上官申灼通話的期間，弟弟一直待在自己身旁，他們可是形影不離的搭檔。

「當然，」墨良徹伸了伸懶腰，活動筋骨，「只要解決這件事就不用再見到那個臭小鬼了吧？包在我身上。」

其實他們也早來到了陽世，在收到上官申灼指示前一直在待命。

墨良徹左右張望了一下，走進一條小巷子，趁著四下無人之際躍到圍牆上。

「嗶嗶——」他吹起一聲清亮的口哨。

不用多久，附近的動物們紛紛聚集過來。大部分是狗跟貓，還有麻雀這類日常可見的小動物，牠們豎起耳朵，專注地聆聽青年的指示。墨良徹說完後拍了下手，動物們便通通散開，依照指令去蒐集情報。

墨氏兄弟的弟弟擁有跟動物溝通的能力，這在陰間也是很特殊的才能。只要是可以看到靈的動物，墨良徹都能與其交談，因此幾乎沒有他不能溝通的動物。

「需要多久的時間？」墨久亦靠在弟弟腳下的牆邊。

「別小看牠們，動物的聯絡網是很強的。我們就耐心等候吧，亦哥。」

「還有一個人會來這裡跟我們會合。」

「誰啊？」墨良徹敏捷地一躍而下，來到哥哥面前問道。

約莫十幾分鐘後，上官申灼的銅鏡通話器響了，是墨氏兄弟。他們已經迅速查明了私生飯指定的地點，廣場旁有種植茶花樹巷道的地方很有限，並不難鎖定目標。他們也查出那裡有棟無人居住的老舊磚房。

「請一定要救我妹妹。」美繪真心誠意地請求。

「我們會……」東湛下意識地答話，但瞬間怔住了，他差點又要信口給予承諾。

但他轉念一想，這次一定能辦到，他們辦得到，因此自信滿滿地答道，「我們一定會救妳妹妹的！」

連同若輕，一行人就這麼出發了。

豪宅有個祕密通道，讓他們得以在不被人察覺的情況下溜出去。這個通道就連經紀人也不曉得，以前東湛都用這招逃避嘮叨不停的經紀人。

一行人趕到時，兄弟檔已經在現場等候他們到來。還有另一個人也意外現身了，是小孟。

「你怎麼來了？」東湛好奇地問道。

「真相我都知道了，看來是我誤會你了。」小孟卻答非所問，「趕快把事情解決吧。若是我怠忽職守的事情被上層知道，可是會被扣薪水的。」

「可是你上次不就……」喵嗚馬戲團的事情，東湛相當確定對方是在摸魚。

小孟只是露出意味不明的微笑，豎起食指「噓」地示意他噤聲，表明這是兩人間的祕密。

隨後，他們順利進到了老舊磚房裡。

「你真的來了！」私生飯看到東湛的身影，情緒異常激動。來自陰間的一行人沒有貼上靈紙，於是在她眼中便不存在。

東湛輕拍若輕的手示意，要他好好安撫對方。

若輕無可奈何地走向前，「我來了，妳有什麼話要對我說嗎？」

「你知道我喜歡你多久了嗎？為了你我放棄了全部，只要你在我的身邊就足夠了，我只要你。」她的眼神痴狂，迫不急待地傾訴愛意。

「你還記得在這見面會時說過的話嗎？你說我們永不分離，你會娶我對不對？我們可以遠離這裡，到遙遠的地方去生活，你說好不好！」對方一心認為東湛對所有粉絲的甜言蜜語都是專給她一人的發言。

這誤會可大了，這算不算是一種職業傷害？東湛漫不經心地閃過這個念頭。

「我……」若輕當然無法給出任何承諾，說真的他嚇壞了。

「為什麼不說話！」Camellia 急了。見對方沉默不語，她忽然理解自己終究還是受到東湛的欺騙，東湛騙了所有人。

「反正為了你，我早就捨棄了一切！既然你對我不義，那這女人丟了性命也無所謂吧？」她亮出小刀，抵在昏迷的美緒頸部，打算殺死她報復。

千鈞一髮之際，上官申灼一個彈指，女子手中的刀便像被無形的物體擊中，「吭啷」一聲自她的手中脫出，飛得老遠。

「什麼?!」她倉皇地東張西望，想要找出襲擊她的源頭。

「身體可以還給我了嗎？」此時東湛從容不迫地向若輕提出請求。

這回若輕不再逃避，沒有猶豫就點頭答應。他對陽世再也沒有牽掛了。

「那我動手了。」東湛按熄他肩頭上的一把火，藉機回到了原本的身體。

「果然還是自己的身體好。」男人動了動身體，體驗久違的自己軀體的感覺。

他看了看身旁的男孩，帥氣一笑，接下來該輪到他出馬了。

東湛一步步靠近女子。

「你報警了吧？你、你要幹什麼，別過來！」完全亂了方寸的女子只是歇斯底里地喊著。

東湛踩著自信的步伐上前，握住了私生飯的手。面對東湛突如其來的舉動，她半是驚半是喜，但更多的是困惑。

青年的眼神炯亮，嘴角勾起好看的弧度，深邃的五官湊了過來，「很抱歉，讓妳為了我如此傷心。這都要怪我，不要再責怪妳自己了。」

「你……」手上傳來男人的體溫，女子頓時無法動彈地愣住了。

「即便做不成夫妻，我們還是可以當朋友的啊。友情也可以持續一輩子的，所以……」

「我才不要跟你當朋友，我……噗哇！」私生飯聞言想要抗議，但話尚未說完，便猝不及防地被潑了某種透明液體。

液體順著她面部的弧度淌下，她神情變得茫然，像是突然不認得眼前的人是誰。

東湛趕緊一步上前接過美緒。之後他們便丟下了失神的女子離去，過程中不曾回頭。

「剛剛是怎麼回事？」

「太慢了！」只見小孟把造型誇張的彩色塑膠水槍扛在肩上，剛才的液體似乎是從那發射的。

男人好整以暇地解釋，「我平日在忘卻亭發放使人遺忘今生前世的飲品，世人都說那是孟婆湯，但我習慣稱之為『忘卻茶』。這東西可以讓人忘記一切，重要關頭還可以派上用場！」

東湛這才明白對方之所以出現在此的理由，原來上官申灼還留有這一手。

「那麼，那個人會怎麼樣？」東湛趕緊追問。

「放心，她只是忘了與你有關的一切記憶。以後大概就會回歸日常生活，學習當回一個普通人吧。」小孟解釋道，看起來不是很在意的樣子。

不過，真會有那麼簡單嗎？

雖然畫面模糊，但她畢竟直播了綁架的過程，相信在數萬名觀眾中，一定有不少人已經報了警……東湛皺起眉頭，輕咬著下唇。

「陽世的罪行不由我們審判，眾生的因果，最終都得自行承擔。」越過東湛領頭離去的上官申灼，靜靜地留下這句話。

事情就這樣解決了，之前混亂的一切，回想起來仍像一場鬧劇。

若輕也跟著上官申灼來到陰間接受審判，念及他是為了妹妹的緣故，審判廳沒有多加為難。而且他們也揪出了元凶，兄妹倆終於可以在陰間團聚。美繪則會在死後下地獄受罰，償還自己當年結下的惡果。

至於東湛為什麼會知道這些呢？是因為上官申灼特地來了陽世一趟，說明這次事件的始末。

「這個男人還是一樣，一板一眼的公務員。」東湛苦笑，對方認為他是這起案件的受害者，理應知道結果。

東湛雖未再去陰間一趟，但腦海裡想像的畫面已讓他勾起了嘴角……若輕與若茵互相述說著分隔多年的思念，親情的羈絆讓他們不曾忘記過對方，最後兩人手牽著手一起步入輪迴。

「這樣的結果其實還不賴。」

東湛也回到了自己的身體裡，雖然陽世還有很多事情等著他去處理，像是跟美緒的緋聞得好好澄清一番，還有若輕霸占他身體時不知做了多少天怒人怨的事，還得一個個去登門道歉。

雖然這些加起來就夠讓人焦頭爛額了，但除此之外，沒什麼其他麻煩事。

「想想也算好事一件吧。」

東湛並不後悔，因為這次的事件讓他得以結識上官申灼他們，也見到了不一樣的世界。這是種當明星時無法體驗到、但他始終不曾忘記的，幫助他人而得到的充實感。

東湛有個從來沒有告訴過任何人的回憶。在很小的時候，他放學後總會去找住在橋下的老爺爺，那個爺爺餵養著附近的野貓，是東湛唯一的朋友。然而有一天，爺爺卻因為意外去世了……

由於受到太大的打擊，東湛無法清楚記得前因後果。印在腦海深處的只有那些傷害爺爺的傢伙臉上無所謂的表情，那是他在這世上看過最殘酷的神情。

因為無所謂，所以對他人的性命毫不在乎；因為無法感同身受，所以殺害別人重視的人也不痛不癢。

他盡量不去想起這痛苦的傷疤，但這件事東湛從來沒有真正忘記過。

「人類到底是怎麼樣的存在呢……」東湛靜靜地思考著。

當時的他覺得，如果能有更強大的力量就好了。他曾經立志成為警察助人，結果卻誤打誤撞進了娛樂圈。

雖然成為藝人也算是他的憧憬，但總覺得好像少了點什麼，有種不踏實的感覺，他也說不上來。

一個月後。

「阿申，我們巡邏回來了。」墨良徹與墨久亦兄弟剛從陽世巡邏回來，哥哥遞給對方一份報紙，「拿去，你要的陽世報紙。上面有刊登那傢伙的新聞喔。」

「謝了。」上官申灼接過，攤開報紙。

他稍微瀏覽才終於找到要看的新聞，東湛在娛樂版面占了一小篇幅，他即將接演新戲的男主角，人氣依舊水漲船高。

上官申灼是想看看對方過得如何，看樣子並沒有受到事件的影響。他微微勾起嘴角，把報紙合起，仔細收進抽屜裡存放。

不過其實有件事，上官申灼一直放在心底。他曾在東湛身上察覺到一絲古怪，東湛被捉交替、脫離自己的身體後，靈魂竟然完全變成了若輕的模樣，宛如複製靈體。上官申灼並不清楚東湛為什麼會是那樣的狀態，至今仍百思不得其解。

此外他還有件無論如何都想和東湛確認的事情，儘管此刻的上官申灼仍不明白其中緣由……

「你們回來了啊，」檀走過來提醒道，「別忘了今天是什麼日子。」

茜草聞言「哼」了一聲，高傲地說，「我拒絕勞動。」

「今天是招聘新公務員的日子。」墨久亦自然沒忘記。畢竟這是陰間數一數二的大事，而每年應考人數跟錄取人數總是不成正比，也是他們人力短缺的原因之一。

不知道今年的考試又會提升多少難度呀。

「怎麼又到了這個日子了啊，」墨良徹不耐地搔了搔頭，「反正不會有人進來刑務警備隊的啦，我敢打賭今年還是一樣。警備隊這幾十年來都沒有新人，不只第三分隊，第一跟第二分隊也一樣。」

「即便如此，作為監考官的我們還是必須準備。」上官申灼將桌面整理得井然有序後，逕自走了出去。

「呃呃呃……」墨良徹發出煩躁的聲音，皺著眉目送著男人的身影，過一會也跟著哥哥走出門外。

「我們也……」檀轉頭試探地看著搭檔。

「我拒絕勞動。」茜草還是堅持己見。

「走啦走啦。」檀雖然仍一臉笑咪咪，其實內心的怒氣逐漸攀升，不由分說地扯著對方的手臂走了出去。

面對這樣的檀，茜草竟絲毫不敢反抗。

被引領至陰間的孤苦無依靈魂，只要非大罪小惡之人，即可憑自身意志選擇接受審判後進入轉世輪迴，或是留在這裡替冥府盡一份棉薄之力。

陰間的公家機關不時會公告徵人資訊，每隔一個時節就會舉辦考試。

在考試的今天，報名處自然有很多人在排隊，長長的人龍都快要看不見尾端。即便沒有管理，應考的鬼魂還是會自發乖乖排隊，沒有人插隊也沒有人爭吵。陰間的居民不像陽世的人有太多情緒反應，雖然會哭會笑，但點到為止。

公務人員招聘是公家機關聯合舉行，報名櫃臺卻是分開的。可以看見需要付出勞動力的職缺只有少少人報名，而文書處理一類被視為涼缺的工作則是應徵人潮大爆滿。

有名剛死去不久的青年被指引到報名會場。他看了看排隊盛況，避開那些洶湧的人潮，走到盡頭的報名櫃臺坐下。

只有他一個人應徵，所以不需要排隊。

事務人員看了看他，照規矩丟出幾個問題，替對方填寫資料表格。最後還是忍不住問了，「你知道自己報名的是什麼職務嗎？」

男人點了點頭，酒紅色的頭髮尤其顯眼。

報名人員忍不住看傻了眼，對方有著一張好看的皮相，沒想到腦子卻沒什麼用。這可說是宛如地獄的職缺，是陰間最吃力不討好的工作，沒有之一。

即便再怎麼欲言又止，他還是替對方完成報名手續，最後再問一個問題就可以了。雖然這不應該是擺在最後才問的問題。

「你的名字是？」

青年的嘴角挑起一抹笑，「東湛。」

他終於再度來到這個地方了。

——《陽奉陰違01》完

めんじゅう　ふくはい

陽奉陰違

後記

MENJUUFUKUHAI

隔了一段時間，終於有新作品跟讀者們見面了，每次出書都很讓人期待呢！

這次的故事是從一個自戀大明星東湛，不小心與水鬼若輕互換身分開始，然後發展一段剪不斷理還亂的虐戀（好啦沒有虐戀的部分）。自戀大明星這樣的設定其實不算少見，所以我把他的個性又再加油添醋了一番（？），希望大家還希望這樣的東湛，基本上他就是個心很軟的笨蛋（欸）。

與上一部《怠惰魔王的轉職條件》的架空奇幻不同，《陽奉陰違》是現代奇幻。之後的主要場景幾乎都會圍繞在陰間，但其實一點都不恐怖，總之算是歡樂的故事，當然還有帥氣的成分。不得不說戰鬥的部分真的很難描寫，希望之後能夠越寫越上手啊啊啊（吶喊）！

一部精采的作品必須要有帥哥畫龍點睛（來自作者的私心），不知道大家有沒有特別喜歡哪位角色呢？其實上官申灼的戲份有稍微調整過，因為編輯說不能讓兄弟檔帥過他，但兄弟檔就真的很帥咩（欸）。

這部作品在幾年前就已經開始構思了，但有重新寫過，所以設定跟當初有些差異，希望讀者們也能喜歡這次的故事！

後記就先寫到這囉。有什麼話想跟我說的話，可以來粉絲專頁踩踩喔，記得踩小力一點XD

雪翼

雪翼的寒舍

https://www.facebook.com/107177117519498/

高寶書版集團
gobooks.com.tw

輕世代 FW355

陽奉陰違01

作　　者　雪　翼
繪　　者　火　螢
編　　輯　薛怡冠
校　　對　林雨欣
美術編輯　林鈞儀
排　　版　彭立瑋

發 行 人　朱凱蕾
出　　版　三日月書版股份有限公司
Printed in Taiwan
地　　址　臺北市內湖區洲子街88號3樓
網　　址　www.gobooks.com.tw
電　　話　(02) 27992788
電　　郵　readers@gobooks.com.tw（讀者服務部）
pr@gobooks.com.tw（公關諮詢部）
傳　　真　出版部　(02) 27990909　行銷部 (02) 27993088
郵政劃撥　50404557
戶　　名　三日月書版股份有限公司
發　　行　英屬維京群島商高寶國際有限公司台灣分公司
Global Group Holdings, Ltd.
初版日期　2021年 6 月

國家圖書館出版品預行編目(CIP)資料

陽奉陰違/雪翼著.-- 初版. -- 臺北市：三日月書版股份有限公司出版：英屬維京群島高寶國際有限公司臺灣分公司發行, 2021.06-
面；　公分. --

ISBN 978-986-06233-1-4(第1冊：平裝)

863.57　　110003796

三日月書版

三日月書版

GOBOOKS
& SITAK
GROUP©